Universale Economica Feltrinelli

D1376413

MAURIZIO MAGGIANI
IL VIAGGIATORE
NOTTURNO

Feltrinelli

© Giangiacomo Feltrinelli Editore Milano
Prima edizione ne "I Narratori" febbraio 2005
Prima edizione nell'"Universale Economica" giugno 2006
Quarta edizione novembre 2007

ISBN 978-88-07-81921-6

I personaggi che appaiono in questo romanzo sono di pura fantasia. Ogni riferimento ad avvenimenti o a persone reali è puramente casuale.

www.feltrinelli.it
Libri in uscita, interviste, reading,
commenti e percorsi di lettura.
Aggiornamenti quotidiani

Per Tom

Se tu vuoi viaggiarla insieme
vuoi viaggiarla insieme ciecamente
perché hai conosciuto lei
e il suo corpo perfetto con la mente.
FABRIZIO DE ANDRÉ, LEONARD COHEN

Chi ti rivelerà che sia il viandante notturno?
È stella corrusca.
Corano, Sura LXXXVI: I, 2

1.

TRE LUCI

Ascoltate, è ancora il tramonto sul colle dell'Assekrem. Giallo, ocra, azzurro, oltremare, carminio. Cielo, terra, montagne e valli.

Tutto.

Ma giù nelle gole c'è già il crepuscolo e la notte. Rosa, terra bruciata, viola, nero. Il nulla laggiù.

L'aria è così limpida che l'increspatura dell'ultimo orizzonte potrebbe essere all'altro capo del mondo. Se la Terra fosse piatta. E il fondo della valle su cui sta poggiando la roccia dell'Assekrem, il centro della Terra. Se il cuore della Terra fosse freddo come i crepacci a quest'ora della sera.

Sono seduto su un cumulo di sassi. I sassi sono identici a qualche altro miliardo di sassi disseminati per questo deserto di pietra, ma sono impilati con la massima cura: sono seduto sopra un monumento funerario.

La tomba di un uomo.

Alcuni dicono che quest'uomo sia stato ucciso da gente della stessa tribù di nomadi che ha generato gli uomini che stanno mangiando uno stufato di pecora nella capanna di pietra qui alle mie spalle. Altri dicono che sia stato ucciso da elementi provocatori delle forze speciali della gendarmeria francese. Erano tempi complicati quando è stato ucciso.

11

Anche lui era un uomo complicato. Era un ufficiale di carriera dell'esercito, un ateo, un prete, un poeta, era un solitario, era superbo e prepotente, era umile e misericordioso. Si faceva chiamare "père", padre.

Forse ha avuto dei figli, forse li ha avuti dalle sorelle degli uomini che lo hanno ucciso, forse dalle loro stesse mogli. Se ha avuto dei figli, oggi sono uomini che a loro volta hanno avuto dei figli e i figli forse altri figli ancora. Quegli uomini certamente ignorano chi sia stato il loro padre, i figli non sanno neppure che è esistito il loro avo. Meglio così, i tempi sono tornati a essere complicati.

Ora tutto quello che si può ricavare dall'uomo sotto questi sassi sono solo libri. Libri custoditi in biblioteche distanti molte migliaia di chilometri dall'Assekrem, venduti in negozi che non accetterebbero la moneta in corso in queste terre. Nonostante i suoi libri li abbia scritti qui, proprio nella capanna dove si sta mangiando stufato di pecora. Libri sulla semplicità. Sulla semplicità di Dio, sulla semplicità degli uomini, sulla semplicità di questo immenso deserto. Libri fuori catalogo; un'altra complicazione.

Non sono venuto per questa tomba. È un caso che ci sia seduto sopra. Di tutto quanto quassù so veramente poco.

So che père Foucauld ha scelto questo posto per costruire una capanna e viverci e morirci, perché questo luogo pareva essere dal suo punto di vista il centro dell'Universo.

Il suo era il punto di vista della semplicità. L'Universo essenziale. Da quello che vedo può aver avuto ragione.

In verità, dal punto di vista di un geologo, sono seduto sulla vetta del buco del culo del mondo. Anche il funzionario che qualche settimana fa mi ha timbrato il visto di transito condivide il punto di vista dei geologi. Arrivare a sedermi al cospetto di questo impareggiabile tramonto, vagare, se lo desidero, per un territorio di centocinquantamila chilometri quadrati circa – un numero incerto, dati gli incerti confini –, salire e scendere per le decine di catene montuose che ne sono comprese, attingere acqua alle tredici fonti rilevate e segnalate, transitare per le tre grandi piste che lo attraversano e per le molte minori che lo intersecano, tutto questo, e quello che posso inventarmi di fare, mi è costato una bashish di trentamila franchi africani. Una miseria. Un giudizio inappellabile.

Questo è davvero il buco del culo del mondo, questo è davvero il centro dell'Universo. Tutto quello che sto guardando, fin dove si spinge la mia imperfetta vista, e dunque ancora più oltre, è fatto di un'unica materia. Pietra primordiale, cristalli del siluriano, basalto delle origini. Qui, ancora troppo giovane per potersi trattenere, la Terra ha prolassato il suo cuore. O il suo intestino, a seconda dello sguardo con cui vedete la cosa.

Questo è successo mezzo miliardo di anni or sono. E nulla di vivente nel corso del tempo vi si è trattenuto con sufficiente tenacia da mettere radici durature.

Mi è stato detto che è a causa del vento. Che è implacabile, che corre per migliaia di chilometri fin qui senza niente che lo fermi, o anche solo lo rallenti quel tanto da addomesticarlo.

Attualmente, il centro dell'Universo è un rigurgito della Terra rappreso in purissimo cristallo. L'Hoggar. Semplicità.

Il primo albero è a un giorno di jeep da qui, il secondo e il terzo che io sappia non ci sono neppure, non almeno fino alla prima città, a due giorni di strada.

Sono andato a vedere l'albero pochi giorni dopo essere arrivato in questo posto, è la principale attrazione turistica del centro dell'Universo.

Mi ci ha portato un pessimo soggetto, un contrabbandiere tagil. Un berbero del deserto interiore, la temuta variante tuareg dell'Hoggar.

Il tagil è venuto alla capanna per vendere sapone ai soldati. Da quando père Foucauld è morto, la sua vecchia capanna serve a molti utili usi; serve da bivacco per i viaggiatori che vogliono spingersi nel nudo cuore dell'Universo, da osservatorio per i geologi che studiano il buco del culo della Terra, da posto di guardia per i soldati algerini che devono reprimere il contrabbando. Il sapone serve ai soldati e serviva anche a me. Ne ho comprati tre pezzi di un bel colore giallo limone per diecimila franchi africani.

Quando ha visto che mi piaceva spendere, il tagil mi ha preso per un braccio e mi ha portato sul cumulo di pietre di père Foucauld. Parlava il francese di trenta parole dei contrabbandieri che attraversano il Sahara, quello che ho imparato in fretta anch'io. Mi ha indicato, puntandolo con il suo fucile, il panorama. Mi ha detto che quello che vedevo – e vedevo levarsi il sole in quell'infinità di montagne e valli e crepe e distese e ancora valli e ancora gole e colli su cui lo vedo adesso calare –, sì, tutto ciò non era affatto la più grande bellezza dell'Hoggar. Se lo volevo, mi avrebbe portato lui a vedere la bellezza più rara. Se volevo, per altri diecimila franchi e una tanica di benzina per la jeep.

Me lo ha detto davanti a diversi testimoni degni della sua fede e della mia, sicché era saldamente vincolato a verità. Io ci sono andato perché una delle prime cose che mi sono state insegnate è che i tagil non uccidono e non derubano gli stranieri se sono stati loro ospiti, fosse anche solo della loro Toyota.

Ho visitato la meraviglia dell'Hoggar che era ormai mezzogiorno e i copertoni della jeep, semiliquefatti, cominciavano a ingolfarsi nella polvere della pista. Era un caldo così intenso che il sudore si polverizzava sulla pelle.

C'era una roccia, uno sperone altissimo che saliva dritto e acuminato dallo sfasciume disseminato lì intorno. Era spaccato in due da una fenditura che lo trapassava per tutta la sua altezza. Nell'ombra nera della fenditura era sospeso un sottile fascio di luce che dava forma a un qualcosa di grigio e d'argento. Il tagil mi ha fatto segno e io sono andato a vedere da vicino. E quando ho varcato la soglia di quella specie di tabernacolo d'ombra, ho alzato una mano verso l'argento e ho toccato una fogliolina di ulivo.

Il tronco era osso pietrificato, un grosso femore venato e corroso, i rami erano stecchi contorti come erica dopo un incendio. Ma le foglie erano foglie d'ulivo. Venti, trenta, non di più. Verdi e argento, come devono essere: semplici, normali. Conosco gli ulivi.

Cosa si prova a toccare un ulivo nel mezzo di un deserto a duemila chilometri dal mare più vicino? Un ulivo che non dovrebbe essere lì, ma che invece c'è, e c'è da qualche millennio probabilmente. Tremila anni or sono in questa parte dell'Hoggar si pascolavano ancora animali. A non più di una giornata da qui, in una fenditura non troppo diversa da quella dove vegeta la meraviglia dell'Hoggar, ci sono graffiti vecchi di diecimila anni con scene di pascolo e di caccia. Nessun disegno di ulivo, però.

Allora, cosa si prova? Io ho provato sgomento. Perché, ho pensato, non è bene che una cosa che vive duri troppo a lungo, che duri oltre il tempo e l'epoca che spetta a ciascuna cosa. Ora quest'ulivo vive nel dolore, ho pensato, in un tempo che non è il suo. Ha le sue radici nella solitudine.

E ho provato paura. E ho pensato ancora: non è bene che questo albero sia qui, non è affatto bene che disorienti il deserto e la sua perfetta semplicità con il disordine della sua presenza. Non sono per niente contento di averlo visto.

Sbagliavo, ma non potevo saperlo.

Il contrabbandiere aveva raccolto sotto il sole a picco quattro pietre e le aveva sistemate per fare la moschea della sua preghiera di mezzogiorno. E pregava senza badare al caldo e a me, e senza il minimo interesse per la bellezza più rara dell'Hoggar. Pregava, immagino, per il suo sapone che doveva arrivare al Sudan, per il suo fucile che non doveva incepparsi al momento sbagliato, pregava per sé e per i suoi figli, se ne aveva. Pregava per una quantità di cose utili.

Père Foucauld pensava che il centro dell'Universo nella sua assoluta semplicità fosse ricco di cose utili. Pensava che solo a uno sguardo approssimativo risultasse spoglio di cose utili. E riteneva che bellezza e utilità fossero un tutt'uno; un tutt'uno che aveva a che fare con Dio. Credo avesse un'opinione diversa dalla mia sull'ulivo dell'Hoggar e sull'ordine delle cose in genere. Ma io allora non sapevo niente dell'Hoggar. Il giorno della gita alla meraviglia, ero un perfetto straniero nel mezzo di una landa desolata e sconosciuta. Ora ho imparato qualcosa.

Vicino alla capanna di pietre di père Foucauld c'è una garitta. Anche la garitta è di pietra. È stata costruita in perfetto stile foucauldiano per i soldati che vigilano sul contrabbando. Dentro la garitta i soldati di guardia sonnecchiano, fumano e giocano con delle pietruzze. Ci sono entrato poco fa, prima di venire a sedermi su questo tumulo. Sono andato a offrire ai soldati un pacchetto di sigarette americane. I soldati mi sembrano bravi ragazzi che non hanno trovato da fare nient'altro che starsene qui a tremila metri a prendersi la loro miserabile bashish dai contrabbandieri. Da mezzogiorno alle due fa troppo caldo anche per vigilare dall'ombra della garitta, del resto è l'ora del pranzo e del piccolo riposo, così i contrabbandieri passano a tutta birra sulla pista laggiù in fondo alla valle con le loro jeep. Indisturbati. Per evitare che la polvere della pista corroda i complicati motori giapponesi, le jeep hanno filtri dell'aria enormi che si innalzano sopra i tettucci come camini di vecchi carri gitani.

La notte, finita la cena, i soldati raccattano in giro le taniche vuote della benzina e si mettono seduti sul tumulo di père Foucauld. Poi cominciano a suonare le taniche con dei bastoni e con le dita inanellate di grossi anelli d'argento. Le suonano come tamburi. Suonano ritmi africani, non saprei meglio descriverli. A un certo punto il vecchio che è con noi comincia a cantare cercando di stare al passo dei tamburi. Ha un canto stridulo, mezzo sgretolato. Il vecchio fuma tre o quattro pacchetti di sigarette tutti i giorni, la sua cantilena gorgoglia di catarro. Non so quello che dice perché non conosco la lingua tagil. Ma molto diligentemente Jibril traduce tutte le sere.

Il vecchio racconta quello che è successo nel corso della giornata. Quello che ha creduto di vedere e di sentire, quello che gli è parso di toccare. Canta delle cose meravigliose che sono accadute nel colle dell'Assekrem e tutt'intorno, nel cuore dell'Universo; cose che per lo più sono sfuggite a tutti quanti noi.

L'altra sera, ad esempio, ha raccontato di aver visto spuntare un oleandro nell'uadi secco da anni che si trova sulla strada per Zawathine. Ha cantato di averlo visto fiorire nel giro di poche ore e che il profumo dei suoi fiori era così intenso che lui ha potuto strizzarne una boccetta di essenza, la stessa che ora tiene fra le pieghe della sua shesh. Per questo emanava un così buon odore a stargli vicino. Si è vantato, cantando, che il veleno dell'oleandro nelle sue mani pure è diventato balsamo. Così mi è stato tradotto.

Ieri invece ha raccontato di aver incontrato un uomo che sta attraversando il Sahara a piedi, scalzo e nudo, senza una pelle per l'acqua, senza una bisaccia per il cibo, senza uno straccio per la testa. Ha cantato di averlo incontrato la mattina mentre andava a pregare alla grotta dei cervi, la famosa grotta con i graffiti dei cacciatori primordiali. Ha cantato di quell'uomo che si è messo in cammino per poter arrivare in tempo ad assistere alla nascita del Profeta quando il Sahara aveva ancora abbastanza pascoli per i cervi. Ha sottolineato il fatto che si è perso molte volte perché il luogo di nascita di un profeta è quanto mai incerto. E lungo le piste sono disseminati molti falsi segnali lasciati lì dai demoni. Ha aggiunto che l'uomo nudo è già passato da questo colle al tempo che nella capanna viveva père Foucauld e che il père, dopo aver a lungo pregato con lui, lo aveva convinto a proseguire sempre in direzione del Levante, qualunque cosa avesse visto lungo la strada. Non gli aveva fatto notare, ho riflettuto, che era in ritardo di millequattrocento anni, più o meno, e che aveva ancora parecchia strada da fare.

Evidentemente, dal punto di vista di père Foucauld tempo e distanza erano aspetti secondari dell'utile bellezza del viaggio di quell'uomo. Dal punto di vista di père Foucauld, la cosa che più conta di un viaggio è non smettere di viaggiare. Così scrive: "Non cedere alla tentazione di fermarsi è ciò che dà senso all'andare, ciò che lo rende veramente utile e veramente bello. Agli occhi di Dio, agli occhi dell'Universo, agli occhi di chi incontri nel cammino".

Il vecchio è un poeta professionista e pare che sia il migliore in circolazione in questa parte dell'Hoggar. Un poeta viaggiante. È stato messo sotto paga dal sottoscritto. Jibril mi ha consigliato di noleggiarlo senza mercanteggiare troppo. È bene avere un poeta al seguito, è di grande conforto per gli uomini che lavoreranno duramente. Nessuna carovana tagil, mi ha spiegato, rinuncia a cuor leggero a portare un bravo poeta in un viaggio impegnativo. I tagil hanno una lingua senza scrittura, portare un poeta in viaggio è come mettere nei bagagli libri e riviste.

Per accettare l'ingaggio il vecchio ha litigato con la moglie. La moglie era se possibile ancora più vecchia del poeta; le donne tagil non si coprono il viso e si vedeva il teschio attraverso la pelle trasparente degli zigomi. La vecchiaccia sbraitava nella sua lingua coprendo il marito di insulti, strizzandolo per tutto il corpo con le dita secche e ritorte come le zampe dei suoi polli. Mi hanno spiegato che non voleva farlo partire perché aveva paura che, vecchio com'era, morisse durante il viaggio e la lasciasse vedova. Le vedove nel deserto non hanno una vita facile, ha commentato Jibril. Ho dovuto lasciarle una caparra.

Il poeta guadagna centodieci franchi francesi al giorno, più il vitto e una stecca di sigarette americane ogni venerdì. Guadagna più degli altri uomini, forse anche più del funzionario del governo responsabile della prefettura dell'Hoggar. E l'Hoggar è grande come tutta la Francia. Lui dice invece che è povero in canna e che tutti i guadagni della sua lunga carriera di poeta sono in una buca sotto il tappeto di sua moglie. Dice che non vede l'ora di morire, così la vecchia potrà finalmente comprarsi il marito giovane che desidera da tanti anni. Il suo nome è Tighrizt. Quando è con noi nessuno lo chiama con il suo nome, ma "dimah", che in lingua tagil significa tanto signore quanto père, padre. Lo chiamano "dimah" anche quando devono gridargli di levarsi di torno perché intralcia il lavoro. Quando non sparisce per andare a bighellonare in cerca di ispirazione, il vecchio intralcia costantemente le attività.

Ha un lungo bastone diritto e con quello tocca ogni cosa; è un vecchio inetto e ozioso che da sé non alza da terra neppure l'otre dell'acqua per bere. Infatti lo detestano tutti qui, e fanno in modo di molestarlo e prenderlo in giro tutto il giorno, senza tregua. Naturalmente insistono molto sulla moglie e sul marito giovane che si prenderà appena lui tirerà le cuoia. Gli uomini ne discutono con i soldati come se fosse la novità più interessante dell'Hoggar. Dicono al dimah, con il dovuto rispetto, che vorrebbero fare i sensali dell'imminente matrimonio per intascare la loro fetta di bottino. Mentre se ne sta a dormicchiare nel caldo del pomeriggio gli portano davanti a uno a uno i ragazzi più giovani e chiedono un suo parere sul candidato. Lui agita in aria il bastone e torna a chinare la testa sul grembo, coprendosi il viso con la shesh.

C'è un giovane autista specializzato nel rubargli il pacchetto di sigarette dal taschino della sua jalabjia. Riesce a farlo con un gesto fulmineo ed elegante. È lo stesso gesto con cui gli ho visto afferrare per la testa una vipera. Allora il vecchio si mette a piangere frignando pian piano in modo così instancabile e disperato che nessuno potrebbe pensare che nella sua sacca ci sono ancora almeno un paio di stecche della sua paga. L'autista lo fa piangere un po' e poi gli mette il suo adorato pacchetto fra le mani. Sempre, ma non per questo il vecchio si risparmia mai dal piangere disperatamente.

Così tutto il giorno, tutti i giorni. Ma poi si fa notte e gli uomini raccolgono le taniche mentre le teiere cominciano ad abbrustolire nella brace. Nessuno allora si sogna più di prendere in giro il vecchio dimah, ma sono tutti lì che aspettano con grande reverenza che finisca di scatarrare e cominci a cantare la sua canzone. A raccontare cosa ha visto di meraviglioso che a noi tutti è inspiegabilmente sfuggito. E suonano sui loro tamburi di latta smorzando il clangore con gli stracci, accompagnando con tutto il corpo le loro mani, pieni di estatica comprensione per quello che stanno ascoltando. In quel momento mi piacerebbe ballare. Mi piacerebbe sapere cosa canta dimah Tighrizt senza bisogno di farmelo tradurre. Capire lui, capire i tamburi e ballare. Mettere il mio corpo dentro tutto questo invece che rimanere seduto sul tappeto migliore del campo cercando di stare composto.

Io l'ho visto l'uomo che ha incontrato il vecchio nel deserto. Non era nudo né scalzo, ma stava camminando, e cammina ancora ora. Lo vedo da dove sono seduto, mi sono messo qui di vedetta per guardarlo passare. È il chicco di riso che si muove sul bordo dell'ombra viola della valle. Un chicco fornito di sottili gambette che segue la valle portandosi dietro la sua traccia nella polvere della pista. Se non fosse per il contrasto con l'ombra non potrei vederlo. E se non fosse che a quest'ora la mia vista migliora notevolmente e riesco a notare particolari che agli altri sarebbe impossibile distinguere. È appena un puntolino, ma non c'è dubbio che quel puntolino è l'uomo che ho visto ieri pomeriggio.

Non potrebbe essere nient'altro. O lui, o un demonio del deserto: non c'è nient'altro di vivo in grado di muoversi nel cuore incontaminato dell'Universo per così tanto tempo e così tenacemente in linea retta. Dunque è lui.

L'ho incontrato sulla pista del Teffedest, ma molto più a sud della grotta dei cervi. Tornavamo da una vecchia sorgente sull'uadi Thagherh. Ora è quasi asciutta, ma mi hanno detto che fino a pochi anni fa era abbastanza florida da avere acacie e oleandri intorno. È rimasto un oleandro vivo, ma non sembrava che avesse la forza di fiorire. L'uomo camminava un po' discosto dal bordo della pista. Non era nudo, per niente. Anche se malandati, aveva corti pantaloni militari e, anche se tutta sdrucita, una maglietta. Sulla maglietta si leggevano ancora delle lettere della scritta I LOVE NY con il solito cuore al posto della O. Non era scalzo, ma aveva ai piedi degli scarponcini di tela, di quelli molto funzionali e robusti che l'esercito algerino ha avuto in eredità dalla Legione straniera. Sembravano anche loro piuttosto malridotti, gemelli della maglietta e dei pantaloni. Camminava con le stringhe slacciate, ma aveva un passo lungo e sicuro; il passo di chi sa camminare e la fatica non glielo ha ancora fatto dimenticare. Aveva corti capelli ricci e niente in testa per ripararsi. Pareva molto scuro di carnagione, ma di questo non posso essere sicuro, perché era uniformemente coperto dalla sottile polvere giallognola della pista. Sul viso, il sudore aveva rappreso la polvere in una crosta. Era così compatta che poteva essere una maschera rituale, come usano i pastori bambara più a sud, nel Mali; la maschera era segnata da sottili screpolature intorno alla bocca e sugli zigomi. In mano teneva una bottiglia di plastica trasparente, di quelle usate per l'acqua minerale. Da come la faceva dondolare al ritmo del suo passo doveva essere completamente vuota.

Non si è voltato, non si è fermato mentre lo superavamo a passo d'uomo e nessuno nella jeep ha commentato in qualche modo. Immagino che se avesse voluto un passaggio sarebbe bastato che allungasse una mano, che emettesse un suono. Credo che l'autista andasse così piano per vedere cosa sarebbe successo. Non è successo niente.

Adesso l'uomo cammina qui sotto, mille metri più in basso. Un microscopico chicco di riso. Ha già superato il bivio per la pista che porta al colle. Anche se lo avesse imboccato non sarebbe potuto arrivare prima di notte, né prima di domani.

Non c'è un solo particolare, in quello che sta facendo, che abbia una spiegazione. Così come stanno le cose, da un punto di vista ragionevole, quel tale, chiunque sia, non dovrebbe essere qui, e se fosse qui non dovrebbe essere vivo, non più da un bel pezzo. Cosa mangia? Cosa beve? Come può proteggersi dal sole di giorno e dal freddo di notte? Niente, in nessun modo. Nonostante quello che porta addosso, è a tutti gli effetti nudo e scalzo. La sua esistenza è nuda e scalza di ragione.

Ma c'è. Lo vedo ancora, anche se tra poco l'ombra della montagna lo inghiottirà e fino a domattina non sarà in nessun posto. Sta andando verso est. Potrei non credere di averlo visto, ma non basterebbe a tirarlo via dall'orizzonte. Se davvero riuscissi a convincermi di non averlo visto ci avrei guadagnato soltanto un'altra, inutile complicazione.

Questo posto non è adatto alle complicazioni. Qui le complicazioni non trovano riparo, possono solo essere appianate, distese e dissolte, diventare cristallo da aggiungere all'immenso cristallo di basalto sgorgato dal cuore della Terra. Le complicazioni generano inutile disordine e il disordine genera inutile calore. E ulteriore calore è inutile disordine che genera sofferenza. Chi genera disordine, bestemmia, ha scritto père Foucauld. E ha aggiunto: esistere è la mia preghiera, come esisto è come prego. "L'esistenza di questi uomini," stava guardando i nonni degli uomini che in questo momento stanno finendo la loro cena, "è una preghiera che piace a Dio e rende felice la Terra." Utile bellezza.

Io so di essere una complicazione. Agli occhi della gente che è qui con me appaio nudo di ragione come ai miei occhi l'uomo che cammina laggiù, fatto della stessa pasta inconsistente. Loro forse sanno chi è lui, se esiste e perché esiste, ma non sanno chi sono io. Nessuno mi chiama per nome, tranne Jibril. Tranne lui, forse non lo conosce nessuno il mio nome. Fra loro si rivolgono a me con un cenno del capo che serve a indicare la direzione dove mi trovo, o mi dovrei trovare, al momento. Se vogliono parlare con me, se io voglio parlare con loro, dobbiamo servirci di Jibril. Jibril tiene insieme ogni cosa. Io parlo con lui in francese traducendo come posso dalla mia lingua, lui traduce dal francese all'arabo per sé, e poi dall'arabo a quello che sa del tagil per gli uomini. Fra me e loro ci sono quattro lingue da navigare. Dobbiamo tutti fidarci di lui come a casa nostra abbiamo imparato a fidarci della trave che sostiene il tetto.

Jibril è un arabo nato a Tamanrasset, ha venticinque anni, una moglie e due figli in città, e in questo momento è l'uomo più potente dell'Assekrem. Il suo potere è così pieno di naturalezza che da qualche giorno non mi chiama più con il mio nome, se non quando deve dirmi qualcosa di ufficiale. Alla sera, ad esempio, quando davanti a tutti gli uomini fa la sua relazione sul lavoro della giornata. Altrimenti ha preso a chiamarmi "alaghj", che in lingua tagil vuol dire "fratello". È una parola che ha una pronuncia molto dolce. Anche se gli assomiglia, una parola che si pronuncia molto diversamente dal suo equivalente arabo; ad esempio, non è possibile alzare la voce per dirla. "Fratello" è una parola che in lingua tagil si sussurra appena.

Per evitare che diventassi intollerabile disordine, la prima canzone che ha cantato dimah Tighrizt, l'astuto poeta viaggiante, l'ha dedicata al sottoscritto. A giudizio di Jibril è stata una bella canzone, apprezzata da tutti gli uomini. Me l'ha tradotta, naturalmente, e non posso essere sicuro che sia stato un onesto e fedele traduttore. Il vecchio ha dunque cantato che mi ha visto raccogliere acqua con le mani senza farne cadere una goccia perché ho mani forti e delicate. Che con le mie mani insegnerò molte cose che con le mani gli uomini non sanno fare. La mia anima e la mia mente sono nelle mie mani, ha detto il vecchio. Ha detto che quando è stato in Europa ha sentito parlare bene di me dai suoi fratelli berberi. Ha anche cantato per la propria gloria che quando la nave che lo portava è approdata a Marseille i suoi fratelli gli sono andati incontro portando per lui datteri verdi e tè, e che la città era così grande che il corteo è arrivato alla casa dell'ospite soltanto a notte. Per strada gli hanno annunciato la mia prossima venuta, l'arrivo nell'Hoggar dell'uomo che sa far volare gli uccelli.

Secondo Jibril il vecchio non è mai stato in Europa e se conosce la parola "Marseille" è perché gliene ha parlato qualche arabo che ha dei parenti in Francia. Pochi tagil si sono ridotti ad andare in Europa, sanno che lì non avrebbero molte possibilità di sopravvivere. Non riesco a vivere bene per più di qualche giorno neppure nelle case che il governo ha costruito qui per loro; spesso preferiscono dormire sulle jeep che fare un poco di strada in più e fermarsi a casa.

Ha cantato un bel po' di fesserie il vecchio dimah, poeta cortigiano, ma le mani sì, ha detto bene.

Le mani. Le mie mani sono forti e delicate. È così che mi sono venute per parte di padre, e fatte in questo modo mi sono molto utili per fare bene il mio lavoro. Non faccio cadere una goccia d'acqua se mi servono da bicchiere, non lasciano scappare una piuma se servono da nido.

Mi guardo le mani e sono le mani di Dinetto. Grosse, lunghe, scorticate. Callose sui palmi, morbide sui polpastrelli. Le mani di mio padre. Dinetto prende un foglio di giornale, muove le dita tenendolo per aria e c'è un cappello, un cappello con un pinnacolo. Poggia il cappello sulla testa del figliolo e vanno al mare. Vanno al mare mano nella mano; ognuno con un asciugamano sotto il braccio e dentro l'asciugamano, in un cartoccio di carta oleata, un pezzo di focaccia.

Le mani. Dinetto abbottona il colletto di celluloide sul collo del figliolo che parte per la scuola. Lì sul collo il figliolo ha la pelle più tenera, ma non sente nemmeno un pizzico. Gli fa il fiocco a gassa, un fiocco azzurro grande un palmo, un palmo di Dinetto. Il fiocco l'ha tagliato lui, l'ha tagliato di sbieco per dargli un tocco di pura leggiadria. Con la candela ha cauterizzato i bordi per prevenire le filacce; un sottile bordino nerofumo, perfetto. Lo sento sulla punta delle dita.

Per molti anni nel palmo di una mano di Dinetto c'è potuta stare tutta la mia faccia.

Quando aveva del tempo, Dinetto costruiva gabbiette per canarini. Le costruiva su un banco appoggiato a una parete del tinello. Costruiva gabbiette in diversi stili architettonici, anche a forma di grattacielo, tutte di legno, intarsiate al traforo. Quando lavorava teneva la punta della lingua fra i denti davanti e gli occhi stretti a fessura. Forse li aveva chiusi del tutto; sfiorava ogni cosa con i polpastrelli prima di prenderla in mano: vedeva con le dita. Aveva la vista prensile. Tale e quale suo figlio. Quando aveva finito poggiava la gabbietta sul tavolo apparecchiato da un pezzo per la cena e chiedeva: è bella? Dinetto si preoccupava molto della bellezza.

Di recente ho saputo qualcosa in più circa la bellezza.

Un paio di settimane fa c'è stata una grande festa al villaggio di Timaussù. Timaussù è molto distante da qui, due giorni interi di viaggio in direzione sud-ovest, al confine con il Mali, ma la festa sarebbe stata la più vicina per parecchi mesi e Timaussù è il villaggio natale di Achkam, il nostro migliore autista. Con noi c'era una donna che per venire alla festa è partita da Parigi.

La donna si chiama Marguerite ed è una famosa giornalista. È stata portata a Timaussù da Tamanrasset con un mezzo blindato del governo. Un pacco molto delicato.

Timaussù è un pozzo d'acqua dolce abbastanza grande perché ci si possano dissetare una decina di famiglie con le loro greggi. Ci sono palme da dattero intorno al pozzo, e cespugli di artemisia fra le case. Ci sono recinti per i cammelli difesi con filo spinato e un recinto più piccolo costruito con pietre lisce intonacate di bianco e decorate con pittura rossa, che è la moschea. E intorno al villaggio ci sono le basse tende tradizionali per gli ospiti di passaggio e per chi non si è ancora deciso a costruirsi una casa e fermarsi a Timaussù.

Dal punto di vista di un tagil, Timaussù è un luogo memorabile. E la festa è stata degna dell'honorabilité di Timaussù, è stata grandiosa: si onorava la nascita del primogenito del nuovo capovillaggio. Il primogenito è una femmina, ma i tagil hanno un'alta considerazione delle loro donne. Le donne tagil sanno pascolare i cammelli e le capre, e sanno tirare avanti da sole quando i loro uomini sono via. Un tagil si guadagna da vivere muovendosi in continuazione dalla Mauritania al Sudan per quanto è lungo il deserto e ha poche speranze di vedere la sua donna per mesi e mesi; forse per anni, se le cose gli vanno male. Per questo è naturale che si fidi delle sue donne e che stia ben attento a non irritarle con modi sgarbati e spilorcerie.

Le donne tagil ballano per i loro uomini appena tornati una danza deliziosamente sensuale. Ballano al centro della tenda attorno al palo che la sostiene. Si muovono in piccoli passi sinuosi e leggeri tenendo sulla testa la teiera con cui hanno appena fatto il tè per il benvenuto. Quel ballo è una cosa seria perché, se la teiera dovesse cadere, di lì a poco una disgrazia spaventosa si abbatterà senza rimedio sulla tenda e su tutta la famiglia. Fra le altre gravose responsabilità, le donne tagil hanno anche quella di fare in modo che la loro leggendaria sensualità non generi guai irrimediabili.

L'altra sera le donne di Timaussù hanno ballato per una neonata. Per lei e per tutto il villaggio hanno tenuto la teiera ben salda sulla testa. Anche i suonatori che accompagnavano la danza erano donne, ragazze ancora troppo giovani per ballare una danza di così alta responsabilità. Suonavano con le loro mani sottili dalle lunghe unghie laccate di nero dei grandi tamburi foderati di pelle di capra. Al tocco di quelle mani leggere il suono dei tamburi era insieme profondo e straordinariamente morbido. Ho pensato che poteva assomigliare alla voce di un padre gigante e amorevole.

Jibril mi ha invece spiegato che quei tamburi imitano la voce del cuore. Quei tamburi vengono suonati ogni volta che è necessario dare forza al cuore di qualcuno. Quando nasce un bambino, ad esempio, per il suo cuore e per il cuore della famiglia che lo crescerà. O quando un malato è così grave che il suo cuore non è più sufficiente a tenergli in petto la vita e gli è necessario un cuore esterno, che lavori al posto del suo, troppo affaticato. Quando il tamburo suona per un bambino, dice ancora Jibril, al suo suono si abbeverano e traggono forza anche i cuori dei giovani che vogliono innamorarsi. "Abbeverarsi", ha usato proprio questa parola.

Tutto il villaggio ha partecipato alla festa nel grande spiazzo sterrato al centro di Timaussù, e molti illustri patriarchi hanno fatto parecchia strada per essere presenti assieme ai loro figli e alle loro figlie. Più strada di tutti ha fatto, naturalmente, la giornalista Marguerite. E senz'altro nutriva le maggiori aspettative, visto che è arrivata con la ferma intenzione di scrivere un reportage abbastanza significativo e spettacolare da giustificare i chilometri fatti e i disagi che si stava aspettando.

Seduta al mio fianco, Marguerite mi ha confidato tutto questo, specificando per prima cosa che trovava particolarmente disagevole doversi cibare da un grande piatto di rame pieno di disgustosa carne di cammello, per di più sorridendo a destra e a manca. Doveva purtroppo farlo con le mani perché non c'era una forchetta in tutta Timaussù.

Marguerite ha poi voluto precisare che non era affatto una sprovveduta. Era già stata nel Sahara, se non in quella parte dell'Hoggar, e in molti altri posti difficili; aveva già mangiato cibi di ogni genere e la carne di cammello era disgustosa più o meno come la carne di tanti altri mammiferi che popolano l'Africa e il resto del mondo. Si lamentava pacatamente, con quel certo sorrisino timido che usano le persone beneducate quando sono fuori casa. Le rodeva il fatto di essersi dimenticata di mettere nel bagaglio il coltellino dell'esercito svizzero che portava sempre con sé, tutto qui. Il suo coltellino, oltre che di tutti gli attrezzi che già conoscevo, era fornito anche di una piccola forchetta estraibile. Forse era stato fatto su ordinazione.

Marguerite aveva dei bellissimi capelli rosso henné raccolti a coda di cavallo e due occhi neri che si muovevano guardandosi intorno a una velocità vertiginosa. Portava in modo molto appropriato una tuta mimetica con i colori del deserto. Era molto attraente. Era fascinosa. Sapeva esercitare quel genere di fascino che all'olfatto di un uomo adulto non riesce a nascondere un leggero sentore di zolfo. Sentivo quell'odore e lo distinguevo da tutti gli altri forti odori della grande cena di Timaussù, anche alla distanza che la discrezione imponeva. Marguerite irradiava il suo potenziale sulfureo a una notevole distanza dalle sue attrattive.

Ciò nondimeno, non mi sono sottratto ai miei doveri di ospite. Per subdoli preconcetti razziali, immagino, Jibril mi ha chiesto di occuparmi della famosa giornalista badando che non avesse da sentirsi sola e negletta neanche un istante. Era un incarico per conto del governo. E Marguerite è stata messa a sedere accanto a me, sul mio stesso tappeto. Un vecchio tappeto steso sulla terra battuta dello spiazzo dove erano stati stesi centinaia di altri vecchi tappeti. Su quella coltre nobilmente polverosa sedevano gli invitati, leggeri e compunti. Portavano alla bocca il loro cibo con gesti meditabondi. Nel cibarsi tenevano un comportamento austero anche i ragazzi; la leggiadria sciorinava da un improvviso brillio di orecchini nella penombra, lampeggiava per un solo attimo dal biancore di un sorriso scaturito dal viola cupo della notte. Ma Marguerite odiava uniformarsi alle etichette; gesticolava armeggiando con la sua grossa macchina fotografica e il magnetofono, e dardeggiava qua e là senza tregua con i suoi occhietti di lapis.

Nonostante le lampade a cherosene accese un po' ovunque, anche quella sera bastava alzare la testa perché le stelle venissero giù dal cielo a secchiate. Questo è il cielo notturno dell'Hoggar: un pozzo di acqua stellata profondo un infinito. E se alzi gli occhi devi arrenderti alla dolcezza di quella grandiosità così sproporzionata e irragionevole. Non devi fare i conti in tasca all'Universo sotto le stelle dell'Hoggar, se non vuoi sentirti ridicolo. Devi fare come i tagil: coricarti a faccia in su senza paura dell'Universo; poggiare il kalashnikov in grembo e aspettare di prendere sonno fumando una sigaretta dopo l'altra, perché almeno il fumo pesante delle sigarette americane attenui un po' la dolcezza, e veli la vastità.

C'era dunque la dolcezza del cielo quella notte. C'erano collane di fiori di gelsomino del deserto che profumavano al collo di tutti gli invitati. Profumavano anche al collo della giornalista, nonostante il suo deodorante. E anche intorno alla sulfurea Marguerite si respirava il profumo dolce di carne cotta nel camoun, e quello dolcissimo del tè lasciato a sobbollire sui fuochi.

In tutta quella dolcezza Marguerite si è fatta a un certo punto ancora più inquieta. Si è messa a piegare la bocca di lato. Ha cominciato a toccarsi il naso con un dito rigido come una freccia. Aveva l'espressione di certe ragazze beneducate che sono state sorprese dal loro orologio nel cuore di una festa oltre l'orario giusto. E i loro sensi di colpa le inducono a subornare vaghe insidie e malcelati pericoli là dove un attimo prima avevano trovato spasso e smemoratezza. Marguerite sbirciava le danzatrici come se si aspettasse che prima o poi dalla testa di una di quelle donne così svagatamente sensuali sarebbe caduta una teiera; la sua teiera probabilmente, la teiera del suo reportage e del suo destino.

Peccato, era una notte senza pericoli. Sui tetti delle case le guardie fumavano accovacciate con il fucile poggiato sulle ginocchia e accompagnavano il battito del cuore di pelle di capra di Timaussù battendo il tempo con i loro grossi anelli sulle bandoliere delle munizioni. Argento e ottone. Peccato, c'era abbastanza dolcezza per tutti.

Ma Marguerite voleva al più presto tornare sana e salva al suo paese. Ha preso a farsi largo tra gli oscuri pericoli che la insidiavano brandendo la sua potente fotocamera e il magnetofono, fotografando senza pietà ogni cosa che si distinguesse dalla notte, facendo domande di ogni genere a chiunque le capitasse sotto tiro. I due interpreti venuti con lei da Tamanrasset le stavano intorno smaniando e digrignando i denti, frustrati e depressi. Faceva venire la gente al nostro tappeto. Il tappeto era la sua redazione, io ero il piantone all'ingresso, e poneva domande puntando gli occhi come se ascoltasse con quelli. Gli interpreti riformulavano le sue domande sommessamente, in tono di scusa, cercando di non incappare nel suo sguardo. Parlava con gli uomini; chiedeva loro come trattavano le donne, come trattavano le bestie, come trattavano gli altri uomini, come trattavano le cose. Doveva essere un reportage su come i famosi tuareg dell'Hoggar trattavano tutto quanto l'Universo. Risultava dalle concise risposte che lo trattavano bene.

Poi ha chiesto qualcosa anche a me. Lo ha chiesto a me perché in questa circostanza non si fidava degli interpreti. Mi ha chiesto di informarmi circa il motivo per cui la ragazza che suonava il tamburo a pochi passi da lei la guardasse da un pezzo così torvamente. Dovevo chiedere a Jibril di indagare.

Non ce n'era bisogno, era un semplice problema di trigonometria e potevo cavarmela da solo con quel poco di geometria tagil che conoscevo. Marguerite aveva creato molta agitazione e disordine attorno al suo tappeto. Spostandosi qua e là aveva finito per andare a rompere un filo molto sottile teso fra la ragazza e un autista che sedeva poco discosto da Marguerite.

L'autista è Kemhail, il più giovane che viaggia con noi, il candidato prediletto per la moglie di dimah Tighrizt. Il filo era davvero molto sottile, ma così intensamente luminoso che solo Marguerite poteva non averlo visto. Era un filo che splendeva nella notte. Era il trapezio sospeso teso nell'aria dove volteggiavano una ragazza e un ragazzo che si stavano facendo la corte. Lo facevano nel loro modo tagil: si toccavano e parlavano fra loro con lo sguardo. A giudicare dall'intensità dei loro sguardi dovevano essersi già spinti piuttosto avanti nella reciproca amorevolezza. E Marguerite, ansiosa e sbadata, si intrometteva continuamente nel loro discorso, violava la loro intimità e con la sua coda di cavallo che sbatacchiava a un palmo dalla faccia dell'autista aveva fatto inviperire di gelosia la tamburina.

Ho chiesto a Marguerite di stare per un po' buona al suo posto. Il filo si è teso di nuovo e la ragazza non si è più interessata alla famosa giornalista. Aveva sedici, forse diciassette anni, aveva il viso e la braccia scoperti, aveva i piedi nudi; era vestita all'uso delle donne tagil con un unico drappo di garza color indaco. Era talmente bella che bastava la luce di una lampada a cherosene per dare fuoco a tutta la sua bellezza. La sua bellezza era sorgiva, priva di intenzioni; era così spudorata che non poteva sfuggire nemmeno a Marguerite.

Il reportage era di quelli che andavano a fondo delle cose e Marguerite ha chiesto ai suoi due tirapiedi di domandare alla tamburina cos'è che stava cercando in quell'uomo, in quel ragazzo con il viso chiuso nella sua shesh che agli occhi di Marguerite era indistinguibile da ogni altro tagil da lei intravisto.

Gli interpreti hanno impiegato parecchio tempo in consultazioni per riformulare quella domanda; si interrogavano sommessamente fra loro su come accontentare la giornalista, il loro governo, il loro pudore e l'orgoglio di quella tamburina. Sapevano qualcosa in fatto di orgoglio delle loro donne. Ho dovuto ripetergliela io un paio di volte la domanda, prima che si decidessero e chiedessero alla ragazza cosa stesse cercando.

Nella penombra gli occhi della tamburina erano neri e viola come il cielo sopra di lei. Guardava la famosa giornalista parigina con indolente cortesia, come se quella sera avesse già dovuto rispondere a molte altre sciocche domande. Nel guardarla, fra la pupilla e l'iride le si erano accesi vividi bruscolini di luce, come se un interruttore avesse messo contemporaneamente in funzione attorno al suo viso diverse lampadine. Il che non era: non c'erano lampadine lì attorno.

Le ho contate le luci, erano tre; tre per occhio, e si muovevano assieme, come le luci di tre barchette che fluttuavano in un mare notturno. Un mare denso e calmo. Mi sono ricordato di aver già visto quel genere di luci naviganti.

La tamburina aveva una voce leggermente roca, come se aver suonato il grosso tamburo tutta la sera le avesse trasmesso un po' del suo timbro. Ha risposto senza esitazione, concisamente, con una sola parola: "Eijahl".

I traduttori hanno riferito in coro, era una parola facile. La conosco anch'io perché è una delle dieci, dodici parole tagil che ho imparato. La bellezza.

Questo dunque cerca la tamburina in un uomo, questo stava cercando negli occhi dell'autista: la bellezza. Forse l'aveva trovata, per questa ragione era stata così possessiva nel difenderla da chi gliela stava rapinando.

Marguerite rovistava con i suoi occhi a punteruolo dentro le pieghe della shesh di Kemhail per vedere di stanare la bellezza. Ma evidentemente aveva trovato troppo poco; e probabilmente non era contenta di quel poco che aveva trovato. Ma allora, cos'è la bellezza per te?, ha chiesto alla tamburina, mettendola alle corde con la sua implacabile tecnica giornalistica.

Guardavo la ragazza accarezzare con il piede nudo la terra, e nel farlo osservare quel suo piede lungo e snello ornato di sottili anelli d'argento con la stessa curiosità che hanno i cuccioli dei gatti quando scoprono la loro coda muoversi nell'aria.

Pensavo che stesse per alzarsi e andarsene. Invece ha chiesto agli interpreti di riferire alla famosa giornalista di Parigi che le avrebbe spiegato cos'era per lei la bellezza, ma che avrebbe potuto farlo solo la mattina seguente presso la sua casa, all'ora in cui la donna avrebbe avuto piacere di svegliarsi.

Ha parlato agli interpreti senza mai distogliere lo sguardo da Marguerite, regalandole lo spettacolo delle sue straordinarie luci flottanti. Forse Marguerite le vedeva, forse no; forse bisognava avere come me una particolare attitudine alla vista notturna.

Ma Marguerite era contenta di un appuntamento così misterioso, era addirittura felice di poter essere in ansia per qualcosa di inaspettato ma gravido di opportunità per il suo reportage.

La ragazza si chiamava Ahmiti e la sua casa era come ogni altra di Timaussù, costruita con pietre e fango così come gli arabi avevano insegnato ai tagil perché lasciassero le loro tende. Un muro quadrato e cieco con una fessura per entrare e uscire; all'interno, addossate al muro, quattro stanze, ognuna con la sua porta, ogni porta con un basso cespuglio di artemisia accanto.

C'era tutta la famiglia di Ahmiti a salutare gli ospiti; era una famiglia numerosa con molti zii e fratelli. C'era ancora tutta la famiglia sulla porta della stanza di Ahmiti per assistere alla sua spiegazione intorno alla bellezza, e c'erano gli interpreti del governo e il sottoscritto.

La stanza di Ahmiti aveva poche cose: dei tappeti in un angolo, una grossa cassa di legno scuro in un altro e uno sgabello non diverso da quelli che ho visto usare nel mio paese per mungere le vacche. Sgomitando tra la calca, un filo di luce riusciva a varcare la porta e ad accendere gli occhi della tamburina; non erano più neri e viola, ma azzurri e indaco come il suo vestito. I tre bruscolini di luce erano ancora lì, barche senza approdo nel placido mare del primo mattino.

Ahmiti ha chiesto agli interpreti di pregare la giornalista di mettersi nuda.

Questa volta gli scagnozzi governativi non hanno avuto bisogno di consultarsi.

E Marguerite lo ha fatto; senza esitazione, con la noncurante precisione di chi si spogli per una visita medica. Ha piegato per bene le sue cose e le ha poggiate sul pavimento di cemento accanto a sé. Visto dalla redazione centrale della prestigiosa rivista di Marguerite, stava diventato un reportage più che interessante, forse unico.

Allora la tamburina ha lavorato sulla nudità.

Con metodo, con pazienza, l'ha lavata e detersa, massaggiata e profumata, laccata, dipinta e istoriata d'argento, cornioli, cuoio. Poi ha vestito la nudità. Ha preso dalla cassa una lunga pezza azzurra e ha chiesto di dire alla giornalista che quella che stava per indossare era la veste preparata dalla famiglia per il suo matrimonio, quando sarebbe venuto.

Marguerite è diventata una sposa tagil. Il sole già alto pioveva giù dal foro per il fuoco al centro della stanza e sotto la luce granulosa la giornalista stava immobile a contemplare qualcosa che non poteva vedere: non c'erano specchi nella stanza di Ahmiti.

Questa è la bellezza, ha dichiarato alla stampa la tamburina di Timaussù.

E nessuno avrebbe potuto negarlo, perché non c'era cosa

più bella lì in quel momento. Forse, in quel preciso momento, non c'era cosa più bella in tutto l'Hoggar.

Su questo particolare sarebbe stato d'accordo anche père Foucauld, che ha scritto: "La vita è nascere, la bellezza è essere. Nascere sempre, essere sempre è ciò che ci è chiesto".

Forse lui avrebbe visto per primo sotto la luce che pioveva dal soffitto come una benedizione, un tappeto, una cassa, uno sgabello e la bellezza nel cuore dell'Universo. Nel buco del culo della Terra.

Fosse rimasta immobile, Marguerite sarebbe stata la bellezza in eterno. Invece lo ha fatto solo per un momento. Peccato, per lei: ma non poteva vedersi, come poteva capire? Se mai gliene importava qualcosa.

È bastato che dicesse "oh", che allungasse la mano verso il magnetofono.

Un vero peccato.

Per fortuna eravamo in molti, nella casa di Ahmiti, a vedere. E io me la ricordo, la famosa giornalista francese che a Timaussù per un secondo appena è stata la bellezza dell'Universo.

La sera stessa Marguerite ha voluto prendermi delle fotografie. Mi ha chiesto di posare per lei. Avevo un profilo appagante, ha constatato interessata, un profilo adatto a conservare nel suo archivio l'immagine di uno studioso eccentrico e misterioso. Per questa ragione mi ha chiesto di allestire un piccolo set dove potesse lavorare tranquilla. Di accendere un fuoco tra le rocce che mi illuminasse il viso, di stendere il mio tappeto accanto al fuoco per sedermici sopra, e di tenere larga la mia shesh e aperta la camicia perché potesse spiarmici dentro. Ho fatto tutto questo per la sua bellissima coda di cavallo e per antipatia. L'ho fatto per rendermela ancora più antipatica. Per tutto il tempo che le è servito per fare il suo lavoro non ha voluto che la toccassi, né che mi avvicinassi in alcun modo; mi scrutava con un potente teleobiettivo muovendosi in circolo intorno a me e al mio fuoco da una distanza siderale. Sembrava un astronomo in sella al suo telescopio rotante, un marziano a bordo del suo disco volante. Dopo, mi ha chiesto di toccarla. Cusc-te isì avec muà, prè du fè, mon amì. Dopo, ho avuto quello che mi spettava. E il giorno dopo Marguerite, la famosa giornalista, ha ripreso la strada di casa avendo trovato tutto quello che andava cercando nel cuore dell'Universo.

2.

TAMANRASSET

Ho fatto un salto alla garitta, prima di appostarmi su queste pietre. Sono entrato e ho visto Cleopatra. Non era la prima volta che portavo sigarette ai soldati, ma solo questa sera l'ho vista. Le pareti sono intonacate malamente con della malta gialla e c'è sempre poca luce, forse per questo mi era sempre sfuggita. È appesa a un grosso chiodo nella parete dove è scavata la finestrella che dà sulla valle, accanto ad altri chiodi dove i soldati appendono i fucili e le sacche con il loro cibo. È custodita in una busta di plastica trasparente di quelle che servono per conservare gli ordini di servizio. Dentro la custodia c'è la fotografia ufficiale della regina Cleopatra.

Conosco quella fotografia. È il ritratto di Elizabeth "Liz" Taylor.

Conosco tutto di lei. Al tempo in cui stava girando *Cleopatra*, Elizabeth Taylor aveva trent'anni. Aveva due tette meravigliose, e quaranta centimetri sopra le tette aveva due occhi enormi e straordinariamente lucenti. Parte di quella fantastica lucentezza dipendeva dal fatto che stava allora iniziando la carriera di etilista. Beveva a causa del suo folle amore per Richard Burton, molto più avanti di lei nell'uso degli alcolici. Ma una buona parte di quel lucore non c'entrava né con l'alcol, né con qualsiasi altra cosa che non fosse dentro di lei, dalla sua nascita. I suoi occhi lucevano per emanazione diretta della sua inconsapevole anima. Luce animale che splendeva nell'oscurità della sua tana. Posso dire questo perché ho vissuto con Elizabeth "Liz" Taylor un lungo periodo in una perfetta ed esclusiva condizione di intimità. Proprio al tempo di *Cleopatra*.

A quel tempo, mentre in città furoreggiava il film, è apparsa un giorno sopra il banco dove Dinetto costruiva le sue gabbiette per canarini. Infilzata con un paio di cimici sulla panoplia fra i cacciaviti e le tenaglie. La fotografia di Cleopatra grande più o meno come un foglio di giornale. La stessa che ora è appesa nella garitta accanto ai fucili. Non era una di quelle locandine che si appendono fuori dai cinema. Non c'erano Antonio e Cleopatra che guardano fissi e malinconicamente stupiti il vuoto del cupo destino che li attende. Non si vede la regina a bordo della sua aurea navicella andare incontro allo sciagurato sposo. È solo, potentemente veritiero nella sua semplicità, il mezzobusto di Liz. Le sue tette, i suoi occhi; un capezzolo su ognuna delle tette, tre luci in ognuno degli occhi. Un monile le cinge la chioma, e due tirabaci illeggiadriscono la fronte regale.

Tre luci. Tre piccole, sfavillanti luci fra iride e pupilla. Tre stelle gemelle di un sistema solare che splendeva nel cuore della Via Lattea. Le sue tette erano i grandi pianeti che ruotavano attorno a quei soli; i capezzoli erano i satelliti che ruotavano attorno ai pianeti. Armonia delle sfere celesti.

Allora avevo dodici anni, ero un pubere peloso; ho visto tutto questo e mi sono innamorato.

Mi sono dedicato a lei per anni, perdutamente fedele. Un amore generoso, sublime, visto che non è stato mai messo in conto che non avrei mai potuto averla. Anni in cui mi sono dedicato a spiarla dal pertugio segreto fra i libri e i quaderni dei miei compiti scolastici. Dal tavolo del tinello, pomeriggio dopo pomeriggio in tutte le stagioni. E sono stati anni nel corso dei quali la consunzione della carta patinata è andata di pari passo con la corruzione della carne del suo soggetto originale. Tranne che per la straordinaria lucentezza degli occhi, che non si è mai offuscata. Non nel tinello di Dinetto, non nelle ville, nelle cliniche e nei bar dove Liz ha voluto consumare la sua regalità.

Ho amato un foglio di carta patinata.

Ho amato Cleopatra infinitamente più in quel pezzo di carta che nella magnificenza del cinemascope, dove in certe scene le sue tette erano grandi come tinozze per il bucato, e i suoi occhi come pozzanghere lasciate da un temporale sul selciato.

Finché un giorno Dinetto l'ha tolta, immagino per pietà di quello che restava. O perché pensava che mi facesse male. O forse aveva fatto male a lui, perché se è rimasta così tanto tempo sulla sua panoplia, in qualche modo deve averla amata anche lui. Non il suo primo amore. Ma il mio sì. Tempo sprecato, ma solo visto da qui, ora; non quando in un solo pomeriggio mi crescevano i peli sui polpacci anche di un dito.

Sono passati quarant'anni ma è ancora bellissima. È smangiata dal fumo della lampada a cherosene, è ispessita dal grasso delle ditate, ma è ancora lei. Elizabeth "Liz" Taylor. Il suo sguardo lucente, le sue meravigliose tette. Come è potuta arrivare all'Assekrem? Che strada può aver fatto? Il Nilo è quattromila chilometri più a est.

Laggiù in fondo alla gola l'uomo con la bottiglia vuota si è dileguato nell'ombra, ma in fondo alla retina ho ancora stampata la traccia che ha lasciato sulla linea di polvere della pista. E sotto quella traccia ancora non si è cancellata del tutto la scia dello sguardo di Liz. Che guarda me, che guarda Richard Burton, che guarda Dinetto. Che guarda quell'uomo, che guarda l'Hoggar, che si spinge fino a Timaussù e guarda la tamburina Ahmiti e la sua straordinaria bellezza.

Se sapessi qualcosa di più su questi luoghi, se avessi letto per tempo le opere di père Foucauld, forse saprei se c'è un nesso fra tutto questo. Père Foucauld ha lasciato scritto che non esiste il superfluo nella bellezza, che nell'assoluta semplicità del deserto tutto ha una ragione cristallina. Ha anche scritto che un uomo può credere con tale intensità da apparire irreale, e nonostante questo egli è più che mai utile e bello. È un'utile bellezza, ha concluso, credere in qualcosa con la dovuta tenacia. Aveva forse sotto gli occhi l'uomo in marcia verso est con la sua bottiglia vuota?

In questo momento io credo con una certa tenacia che le rondini arriveranno fin qui, e le sto aspettando. L'hanno già fatto di arrivare all'Assekrem, ma non è detto che lo rifaranno. Solo se quest'anno pioverà. Sto aspettando insieme a una dozzina di altri uomini che accada. Se provo a guardare la ragione della mia attesa da dove sono seduto in questo momento, se mi guardo con gli occhi di père Foucauld, non sono altro che una bestemmia vivente.

È la stessa opinione di dimah Tighrizt, un'opinione che tiene per sé a causa del suo lucroso contratto di lavoro.

"Pioverà, dimah?" gli ha chiesto Jibril il giorno che siamo arrivati.

"Naturale che pioverà."

Quando viene interpellato il vecchio mette su un sacco di arie. Raschia la gola, scatarra, beve un sorso d'acqua per purificare la via che prenderanno le sue parole e poi profetizza esalando fumo di Marlboro.

"E quando, dimah?"

"Quando dovrà piovere, non un minuto prima, non un minuto dopo."

Pioverà quando nella sua infinita saggezza Allah ha deciso che sia giunto il momento; accadrà fra una settimana, o l'anno venturo o l'anno dopo ancora. Né prima, né dopo.

Sono qui per forzare il volere di Dio. Vorrei che piovesse domani per poter vedere questa sera arrivare le mie rondini. Provare un'azzardata teoria sulle grandi migrazioni. Un desiderio blasfemo. Dio non ha creato la pioggia per farmi pubblicare un saggio su "Nature".

Eppure, ci sono dodici uomini qui che ricevono un salario solo perché io possa pubblicare quel saggio. Perché in una città a molte migliaia di chilometri da qui, in un edificio di cui ignoreranno per sempre l'esistenza, una commissione avvolta in eterno nel mistero ha deciso di stanziare una parte delle risorse generate dal lavoro di altri uomini per verificare una teoria. Una teoria che agli occhi dei tagil è destinata a non svelare niente che possa rendersi utile in qualche modo. È a questo punto che a père Foucauld sarebbero saltati i nervi. Aveva un pessimo carattere, per una parte importante della sua vita era stato preda di un temperamento irascibile; era stato un soldato con una spiccata tendenza al duello per motivi d'onore. Immagino che nella sua esistenza di "père" non avrebbe lasciato correre l'enormità della mia bestemmia. Le rondini arrivano solo quando è il loro momento.

C'è una parola nella lingua tagil per rondine: "akhral". Dunque i tagil sanno già tutto quello che c'è da sapere sulle rondini. Sanno anche che quando arrivano all'Hoggar, di lì a poco pioverà. Da quando si ricordano, solitamente è così.

Naturalmente "akhral" è una parola che compare anche nel dizionario Francese-Tagil compilato da père Foucauld. A "rondine" Foucauld aggiunge anche un altro significato: "vento morbido".

Jibril non sa cosa sia con esattezza un vento morbido. Interrogato, neppure dimah Tighrizt ha saputo dirlo: ha soffiato la sua nuvola di Marlboro e ha scrollato le spalle senza degnarsi di aggiungere altro.

Ma dimah Tighrizt una sera ha cantato l'arrivo della pioggia all'uadi Teffedest e ha cantato del vento che precede la pioggia. Ha raccontato le seguenti cose.

Nel cielo all'improvviso si sente una voce, come il tinnire dei finimenti d'argento sul muso di una cammella: è l'angelo di Dio che canta la misericordia di Allah. Il canto muove l'aria in turbini leggeri, prima da sud e poi da ogni parte del cielo, come bambini cavalieri che si fossero messi a giocare a rincorrersi. I turbini si fanno vento, un vento lungo e dolce. Non è il vento del deserto, non c'è un solo granello di polvere che si muova nell'aria. Invece di trafiggere la pelle attraverso la jalabjia, invece di accecare gli occhi sotto la shesh, il vento accarezza il corpo come la mano di una sposa. E mentre l'uomo si distrae godendo di questa dolcezza, il sole è sparito e l'intero cielo si è già tutto colorato di nero. In questa notte si aprono squarci di livido chiarore quando l'angelo apre i recinti della pioggia. La pioggia è stata rapita alla Terra dai demoni e torna alla Terra precipitandosi fra le sue braccia. Desidera solo ritrovare il suo uadi, colmare il suo alveo. L'uadi la riporterà al cuore della Terra.

La forza del desiderio della pioggia è tale, ha raccontato dimah Tighrizt, che un uomo può essere annientato, spazzato via, trascinato nel gorgo dell'uadi e raggiungere anche lui il cuore della Terra. Dimah Tighrizt ha perso il suo cammello in questo modo, e per la propria salvezza deve ringraziare Allah e la simpatia dell'angelo che lo ha preso per i capelli e posato al sicuro in una grotta del Monte Amhde.

Così ha cantato, mentre sulle latte gli uomini tamburellavano incessantemente lo scroscio dell'ultima pioggia.

Sono tre anni che l'uadi Teffedest non vede la pioggia riempirlo in un attimo prima di sparire nel cuore della Terra. Sicuramente père Foucauld ha assistito più di una volta alla venuta della pioggia, ha udito anche lui il canto dell'angelo e ha aperto il suo corpo al vento "lungo e dolce". Forse, poco prima che si alzasse il vento avrà visto posarsi sul tetto della sua capanna le rondini. Arrivate all'Assekrem portando sulla loro scia il "vento morbido".

Dimah Tighrizt era in viaggio quando è stato sorpreso dalla pioggia. Ha cantato che il giorno prima, lungo la strada, ha visto posarsi le rondini sulle roccette del picco di Al Medhamah. In una fessura di quello sperone ho visitato l'ulivo meraviglia dell'Hoggar. Non ho notato allora traccia di escrementi di uccelli, ma è possibile che la pioggia li abbia dilavati.

Il fatto è che il mio lavoro mi piace.

So quanto possa sembrare inutile: non c'è nulla di buono da ricavare da quello che faccio per questa gente, nessuna ricaduta di una qualche utilità che possa servire per alleviare le infinite angosce dei popoli e degli uomini della Terra. Ma non riesco a non farmelo piacere.

Se qualcuno mi chiedesse di spiegare il mio lavoro, io lo farei e alla fine chiederei: "È bello?". Come Dinetto quando finiva una delle sue gabbiette.

Immagino che nel dire "È bello?" avrei gli stessi suoi occhi umidi, la stessa espressione un po' vacillante. Quello sguardo che, visto in un bambino, diresti: non è tanto sveglio.

Il mio lavoro è bello, sì, ma nudo e scalzo dell'utile bellezza che è il chiodo fisso di père Foucauld. La mania di Dinetto. L'uno ha scritto e ha spiegato, l'altro non ha mai detto né scritto nulla; ha solo fatto le cose. Ha fatto le cose tenendo sempre ben presente lo stesso comandamento di père Foucauld. Qualunque cosa abbia fatto: mille gabbiette per i canarini, un meccanismo elettrico, la riparazione di un tetto, la rettifica di una pompa idraulica.

Dinetto era un tappollista. Significa che faceva quello che gli altri generalmente non riescono a fare: trovare una soluzione semplice per un problema complicato.

Quando trovava una soluzione scriveva un preventivo,

era un tappollista molto puntiglioso. Prendeva un foglio da un mio quaderno di scuola, una matita dal mio astuccio, e con la lingua ben stretta fra i denti scriveva il suo preventivo. In fondo, sopra la sua firma, premetteva il suo impegno: "il tutto a regola d'arte". Una specie di giuramento.

L'arte di Dinetto era fare bene le cose. Una cosa ben fatta è utile bellezza.

Le rondini sono bellezza; ma io non le faccio le rondini, le osservo. Allo stesso modo, per un certo tempo dopo le rondini ho studiato gli orsi. Anche gli orsi sono bellezza, neppure gli orsi li faccio io. Il mio lavoro è trarre conclusioni da ciò che vedo, non trovare soluzioni a ciò che non va. Per questo, se potesse ancora esprimere una sua opinione, Dinetto avrebbe delle riserve sul mio lavoro. Mi ascolterebbe con attenzione, ci penserebbe un po' su, e alla fine mi chiederebbe: "E poi cosa succede?".

Poi non succede niente. Le rondini arriveranno – quando? Non un minuto prima non un minuto dopo del loro momento –, resteranno il tempo che vorranno – finché l'umidità che ha lasciato la pioggia basterà a sostenerle – e poi ripartiranno.

Io sarò semplicemente testimone di questo fatto e tornerò a raccontarlo a chi mi ha mandato. Spiegherò con molti grafici come le rondini continuino a spingersi fino all'Assekrem, nel centro dell'Universo, nel buco del culo della Terra, noncuranti dell'immensa fatica necessaria per arrivarci, solo per godere di uno spaventoso acquazzone e delle larve di insetto che l'acqua riporterà per qualche giorno in vita. Azzarderò l'ipotesi che tornino ricordando com'era verde e leggiadro l'Hoggar appena diecimila anni fa, che continuino a tornare confidando che prima o poi riprenderà a esserlo. E allora le rondini avranno prenotato per tempo i posti migliori.

Se sarò fortunato, se gli uomini qui saranno abbastanza in gamba e sarà possibile arrivare ai loro posatoi senza romperci l'osso del collo, allora farò qualcosa di più. Sceglierò qualcuna fra loro e la studierò più da vicino. Farò loro domande a cui ho imparato a rispondere da solo, lascerò in ricordo del nostro incontro un anellino fissato alla zampa destra. Nell'anello, come si usa per le fedi nuziali, sono incisi una data, un nome e un luogo. Ci sarà anche una piccolissima placchetta radioattiva. Ovunque andrà, quella rondine lascerà una scia che altri come me, appostati qua e là per il mondo, sapranno riconoscere.

Mi piace il mio lavoro, mi piacciono le rondini.

Le ho studiate a lungo. Non tutte le rondini, naturalmente, ma solo una specifica varietà, la rondine comune, l'*Hirundo rustica*. Di tutto quello che c'è da sapere su quegli uccelli, mi sono sempre e solo occupato della loro specifica attitudine migratoria. Dell'arte che hanno di volare da un emisfero all'altro sapendo sempre dove andare e quando andare.

Non sono gli unici animali che sanno farlo, e neppure gli unici uccelli. Ho scelto le rondini perché da ragazzino ho imparato ad avere una grande familiarità con loro. Al tempo che con Dinetto siamo andati ad abitare in salita dell'Incarnazione ce le avevamo sotto casa. Sotto il tetto di casa. Avevano fatto un nido sopra il telaio della finestra del bagno. Il nido c'era già quando siamo arrivati e Dinetto non ha voluto toglierlo.

Arrivavano ogni anno per aprile; la solita coppia che è venuta a passare l'estate da noi per anni e anni. Quando si sono fatte troppo vecchie, hanno passato la proprietà ai figli. E oggi, se i nuovi inquilini non hanno fatto danni, arrivano i pronipoti. Le rondini sono testardamente fedeli ai loro nidi. Anche quando i nidi hanno difetti che di solito bastano a scoraggiare un inquilino.

Il nido di salita dell'Incarnazione era difettoso. Era stato costruito senza prevedere che con l'avvento dell'igienista Dinetto la finestra del bagno sarebbe stata per la maggior parte del tempo aperta. Quel nido non teneva conto che, aperta la finestra, la tazza del cesso era sull'esatta traiettoria di atterraggio. Un altro problema di trigonometria, più complicato del problema di Marguerite a Timaussù.

Le rondini hanno un volo veloce e un atterraggio velocissimo e nevrastenico; atterrano con una picchiata da vertigine, derapando nell'ultima frazione di secondo. Vanno così di fretta che qualche volta sbagliano la mira, e a quella velocità non è facile cabrare e tornarsene su. Così finivano dritte nella tazza del water.

Non avevo ancora sei anni quando ho cominciato a tirar su rondini dal cesso. Sapevano di aver sbagliato e si comportavano bene: si facevano prendere senza abbandonarsi a isterismi e si involavano dalle mie mani senza lasciarmi un graffio. Le rondini hanno artigli molto robusti, devono tenersi ben salde sui fili della luce.

La faccenda delle rondini nel cesso è andata avanti fino a quando Dinetto il tappollista ha trovato la sua soluzione. Ha montato dei deflettori di compensato alla base del nido e li ha dipinti di un bel giallo intenso perché fossero ben visibili. Credo che si fosse ispirato alle portaerei.

Di quel tempo mi è rimasta la sensibilità delle mani, la destrezza nel saper tenere una rondine senza innervosirla, intiepidirla senza soffocarla, lasciarle prendere il volo senza ferirle le penne remiganti; le rondini hanno remiganti molto delicate.

È stata una buona partenza. Il lavoro di un etologo è soprattutto una questione di capacità manuale; ho passato gran parte della mia carriera a inanellare zampe, sfogliare e contare penne, ficcare pipette nei gozzi, raschiare escrementi. In caso di necessità ho usato le mie labbra come becco per imboccare pulcini, le tasche della mia giacca come nidi. Qualche volta ci ho dimenticato dentro un uccello per un paio di giorni. L'*Hirundo* è molto adattabile, è stato un gran vantaggio che non si fosse trattato di aironi. O cicogne. L'*Hirundo* è di indole accomodante, è robusta e abitudinaria, si lavora bene con loro. Hanno anche un buon odore, un odore tiepido e appena muschiato.

Ho cominciato a studiarle dopo aver lasciato la casa di salita dell'Incarnazione. Dinetto era già in viaggio verso il paradiso dei tappollisti, gli occhi di Liz erano ormai da tempo sepolti nel suo archivio segreto, il banco del tinello era pieno di gabbiette per canarini nuove di zecca. Pagode, chalet, templi e grattacieli laccati di rosso, di giallo, di blu. Tutte vuote.

Ho chiuso bene la finestra del bagno e ho preso la via delle rondini. Le rondini sono talmente abitudinarie che si possono fissare dei buoni appuntamenti; sono migratrici con l'ossessione della puntualità.

Père Foucauld ha lasciato scritto: "Solo quando non so dove andare so che arriverò da qualche parte. Solo quando ho una meta so che non arriverò mai".

Se è vero come dice dimah Tighrizt che anche père Foucauld ha incontrato il viaggiatore del deserto, è probabile che abbia scritto queste parole guardando l'uomo con la sua bottiglia vuota riprendere il viaggio millenario verso est. Ma certamente non conosceva bene le rondini, l'akhral, il "vento morbido". Le rondini hanno una meta e la raggiungono sempre, spaccando il minuto. È per questa ragione che sono considerate eccellenti migratori.

In realtà i migratori non vanno da nessuna parte, i migratori ritornano, sempre e soltanto. Il loro andare e venire è un perpetuo ritorno.

Scrive ancora père Foucauld: "Comunque sia forte il suo desiderio e grande la sua forza d'animo, nessuno tornerà mai da dove è venuto". Pensava forse al paese dove ha vissuto la sua prima vita, a Parigi, alla Côte d'Azur. E ancora: "La via del ritorno è una falsa pista disseminata di miraggi. Il luogo a cui anela la nostalgia dell'uomo ha cessato di esistere nell'attimo stesso in cui gli ha voltato le spalle".

Non credo di capire esattamente cosa intenda père Foucauld. Se un giorno mi capitasse di dimostrare che le rondini che arrivano all'Assekrem si guardano attorno e ancora vedono le praterie popolate di cervi e i fiumi spumeggianti di salmoni che hanno visto le loro antenate la prima volta che sono venute, potrei allora affermare di aver raggiunto l'apice della mia carriera. Al momento non c'è scienza umana che possa spingersi fino alla mente delle rondini. O al cuore.

L'altro lunedì sono entrato nel postribolo di Tamanrasset.

Ogni due lunedì gli uomini del campo hanno diritto a un giorno di riposo. Quel giorno nessuno rimane sull'Assekrem. Una carovana parte la notte e arriva nell'unica città dell'Hoggar prima che il sole sia troppo alto. Nel cuore della notte le jeep scendono a una velocità folle, gli uomini se ne stanno in silenzio concentrati sulle molte cose che avranno da fare in un unico giorno.

A Tamanrasset c'è un albergo dove chi vuole può affittare una stanza per riposarsi su un materasso e fare una doccia con l'acqua corrente. Un filo d'acqua grigia e ruvida che gocciola da una pigna intasata di ruggine, ma pur sempre acqua. C'è un mercato dove i tagil possono far fare affari ai mercanti malinesi con quello che hanno guadagnato. C'è anche un locale dove si può bere birra e guardare la televisione. La birra è egiziana e ha una bella etichetta con una stella dorata; ha uno strano sapore zuccherino e costa cinque franchi francesi. Un'enormità. Il posto è una porta senza battenti, sullo stipite c'è scritto "Café" con la calce; è un po' fuori mano, quasi al limite del deserto. Di là dalla porta c'è una stanza dal soffitto basso, con due piccole finestre oscurate con dei tappeti. È totalmente priva di addobbi e non si può fare altro che bere birra.

Jibril dice che non è proibito ma neppure apprezzato che si beva birra. Quando sono entrato per bermi la mia, Jibril è rimasto per strada ad aspettarmi. Dentro, seduti ciascuno per conto proprio a un tavolino, c'erano quattro uomini ognuno con la sua bottiglia in mano. Nessuno si era tolto la shesh, ma tenevano abbassato il lembo inferiore quel tanto per poter bere. In un angolo era appoggiato sul pavimento di terra un vecchio televisore in bianco e nero e la luce dello schermo illuminava la stanza abbastanza per poter vedere gli occhi degli uomini cerchiati di kajal.

In realtà il televisore non funzionava: uno speaker parlava in arabo sullo sfondo del tipico nevischio frusciante dei televisori fuori sintonia o delle stazioni troppo lontane. A parte lo speaker, finché sono rimasto nella stanza nessun altro ha aperto bocca, neppure il barista. Sul banco di legno grezzo era appeso un cartello in arabo e in francese con il prezzo della birra, cinque franchi. L'aria era calda e stantia, impregnata dell'odore di sudore rappreso, la birra era tiepida e per contrasto ancora più zuccherina di quello che doveva essere.

Il postribolo è due case più in là. Ci siamo entrati in sette; sono stato contento di vedere che con noi non c'era Kemhail, il ragazzo che ha fatto innamorare la bella tamburina di Timaussù. Ma è venuto dimah Tighrizt, borbottando e scatarrando con gli occhi lucidi di cupidigia. Doveva aver pagato qualcuno perché gli lavasse la shesh e la jalabjia, perché erano candide come quelle di uno sceicco. Stranamente nessuno degli uomini, né quelli che sono entrati, né quelli che sono andati per i fatti loro, lo ha preso in giro o ha fatto commenti.

Dice Jibril che il postribolo nel suo paese è molto diverso

da quelli che esistono in Occidente. Dice che quel postribolo esiste sin dal tempo in cui gli arabi hanno fondato la città mentre si spingevano a sud, in cerca del fiume Niger. Dice che è un luogo di incontro carnale e spirituale.

Prima dello scorso lunedì io non ero mai stato in un postribolo, né in nessun altro posto del genere. Nel dizionario di père Foucauld non c'è una parola tagil che corrisponda alla francese "putain", ma un semplice rimando a un'altra parola: "solitaire". "Achejemeb." È quello che ha detto Jibril: "Adesso entriamo nella casa delle solitarie". C'erano cinque solitarie in quella casa, quattro ragazze e una donna matura. C'era odore di tè zuccherato e gelsomino, c'era un grammofono che suonava vecchie canzoni di Umm Kalthoum.

Quattro ragazze grassocce in mutande, sedute in crocchio sui tappeti, appoggiate a cuscini di cuoio. Parlottavano fra loro prendendo bicchierini di tè da un vassoio di latta con il marchio della Pepsi-Cola. Portavano mutande bianche di cotone pesante, maschile. Ridendo, muovevano dolcemente carne candida e seni dai capezzoli appena rosati. Non avevano kajal intorno agli occhi, né lacca sulle unghie, o anelli, o collane. Non sembravano solitarie: sembravano un gruppetto di ragazze affiatate e ciarliere.

Forse la loro nudità era solitaria. L'obesità infantile dei ventri, le labbra pallide, le gote arrossate dal tè bollente. Forse era solitaria la carne protetta in quelle brutte mutande.

La donna matura era la padrona della casa. Era vestita con veli gialli e turchini e ricoperta di collane e bracciali di monetine d'argento, come una danzatrice. Infatti era egiziana e se lo desideravamo poteva ballare, come aveva fatto per tanti anni davanti agli ospiti nella casa che aveva avuto a Iskandariya. In quella casa aveva ricevuto ospiti molto illustri. Nessuno le ha chiesto di ballare, ma abbiamo tutti accettato il suo tè. Ha versato il tè da un grosso samovar di alluminio. L'alluminio era ammaccato e brunito, ma si vedeva ancora l'impressione delle lettere CCCP; un samovar fabbricato nell'Unione delle Repubbliche socialiste sovietiche. I bicchieri erano ancora macchiati dai fondi di chi ci aveva bevuto prima di noi. Non era tè berbero, era profumato di menta.

La donna si comportava come se le ragazze fossero in quella stanza per caso e lei non sapesse dire chi fossero. Nella stanza faceva un caldo torrido, sul soffitto uno sciame di mosche si spostava assieme alle pale di un ventilatore. Dal grammofono Umm Kalthoum cantava la canzone che aveva già cantato il giorno fatidico in cui Nasser aveva annunciato che il Canale di Suez era diventato proprietà del suo popolo. È una canzone che parla di amore, di orgoglio, di dolore e di fede. Conoscevo quella canzone. Quella volta, nell'anno 1956, ad ascoltare Umm Kalthoum c'erano dieci milioni di egiziani, dieci milioni di fellah che piangevano di gioia assieme a lei, ma in quella casa ora nessuno ci faceva caso.

Dimah Tighrizt, il vecchio poeta cortigiano, si è sistemato su un cumulo di cuscini e ha allargato per le orecchie della padrona la sua grande ruota di pavone. Parlava cantilenando senza staccare gli occhi da quelli della donna, agitava le dita sul suo petto facendo tinnire le monetine. Jibril mi ha preso per mano e mi ha portato dalle ragazze perché scegliessi per primo quella che preferivo.

Mi sembravano tutte uguali. Tutte belle allo stesso modo, tutte della stessa bruttezza. Tutte troppo candide per essere solitarie, tutte troppo grasse e innocenti. Ma ho scelto la ragazza che aveva gli occhi più belli. Aveva occhi piccoli e chiari, occhi luminosi. Aveva anche una treccia, una lunga treccia di capelli così neri che facevano buio intorno. Teneva la treccia sul petto, tra i seni, fermata con una striscia di stoffa azzurra. Senza che lo volessi veramente, ho cercato di vedere se aveva tagliato di sbieco i due capi della striscia e se per caso li avesse anche cauterizzati per impedire che si sfilacciassero. Ma non aveva fatto un fiocco e la striscia finiva con un nodo ben stretto dove i miei occhi erano incapaci di vedere.

Jibril ha parlato con lei e mi ha riferito che era berbera del Nord, che si chiamava Jasmina – ma tutte si chiamano Jasmina, ha aggiunto –, che era maggiorenne. E prima di andarsene alla sua casa ha raccomandato: devi comportarti bene con lei, è un incontro della carne e dello spirito.

Non ho incontrato lo spirito di Jasmina. Forse non l'ho trovato perché non sapevo dove cercarlo. Lei non parlava che due parole di francese e non sapeva come aiutarmi. Mi ha sfiorato con la mano per invitarmi a seguirla e mi ha portato nella sua cabina, al piano superiore, dove faceva ancora più caldo e non c'era aria abbastanza per tutti e due. La cabina era un basso palco di legno ingombro di cuscini, l'odore del gelsomino lì era così forte che mi faceva male allo stomaco. Mi ha indicato lo sgabello dove potevo lasciare i miei vestiti e si è tolta le mutande. Lo ha fatto voltandomi le spalle, con un gesto distratto, come se fosse appena arrivata a casa sua e non vedesse l'ora di andare a fare una doccia. E si è seduta a gambe incrociate, ad aspettarmi.

Aveva degli occhi bellissimi e la lampadina nuda che pendeva dal soffitto non riusciva a renderli meno belli. Ma ho cercato negli occhi di Jasmina i tre lumini, le tre barchette fluttuanti nella notte, e non le ho viste. Mi è dispiaciuto non trovarle, mi è dispiaciuto per me, che ne avrei tratto un certo giovamento in quella circostanza. Forse c'erano, ma la luce smorta della lampadina le aveva fatte affondare.

Anch'io affondavo, madido di sudore, mezzo soffocato nell'aria torpida della cabina, mentre Jasmina mi invitava con dei cenni molto discreti della mano ad avvicinarmi alla sua carne e al suo spirito.

Mon amì, mon amì, mon amì, sussurrava Jasmina.

Mon amì, mon amì, mon amì, ripeteva senza smettere mai.

Come se volesse cantarmi una ninnananna.

Mi sono avvicinato al suo corpo, ai seni candidi, ai rotoli di adipe del suo ventre, e Jasmina mi ha aiutato a entrare dentro di lei. Aveva i gesti delicati e pazienti di una madre che aiuti il suo bambino a infilarsi le calze, ad allacciarsi le scarpe.

Forse Jasmina aveva un figlio, o più di uno. Non era troppo giovane per averne, anche se abitava in un posto dove i bambini non portano scarpe né calze.

Mon amì, mon amì, mon amì, cantava sottovoce mentre spingeva pian piano con l'inguine.

Mon amì, mon amì, mon amì, mentre strofinava pian piano i suoi seni sul mio torace.

Sul mio corpo la sua carne sembrava avere la consistenza delle piume di un pulcino cresciuto quel tanto da muovere le ali.

Non sapevo dove tenere le mani e allora le ho messe sul suo viso. Le ho chiuse a coppa sulle sue gote, le ho accarezzato gli occhi con i miei grossi pollici. E per tutto il tempo ho pensato alle rondini, perché fra le mie mani il suo viso aveva la stessa compattezza delle rondini che pescavo nel water della casa di salita dell'Incarnazione. Umido e tiepido, e fremente. E sotto quello del gelsomino, il suo odore non era troppo diverso dal loro.

Ho cantato con lei "mon amì, mon amì, mon amì". Per farle compagnia.

Anche se in circostanze così poco favorevoli, anche se non ho incontrato il suo spirito, credo di aver amato Jasmina nel bordello di Tamanrasset. E le voglio bene ancora adesso. Anche in questo momento voglio bene alla sua bellezza e alla sua bruttezza. Alla solitudine della sua carne, al mutismo del suo spirito.

Dice père Foucauld che non si può scegliere chi amare, né come amarlo. "Neppure Dio ha potuto scegliere chi amare," ha scritto. E ancora: "Possiamo amare solo chi incontriamo, e dunque sono i nostri piedi che scelgono chi ameremo".

Per quanto mi riguarda, i miei piedi sono riusciti a spingersi molto più in là di Jasmina. Sono arrivati a scegliersi un'orsa, e da un'orsa si sono spinti fino a una donna con cui il mio spirito si è incontrato senza che la nostra carne neppure si sfiorasse. Ma intanto Jasmina è carne viva e innocente che merita di essere amata. Come merita il suo denaro e la gratitudine dello straniero che ha cullato come un figlio.

Mon amì, mon amì, mon amì.

Di sotto il disco di Umm Kalthoum ha smesso di suonare, ma nessuno si è alzato per cambiarlo di lato o metterne uno nuovo. Quando sono sceso, dimah Tighrizt stava ancora ciarlando con la padrona, tutto preso a far tinnire le collane e i bracciali di monetine con le sue vecchie, astute dita di poeta fannullone. E in un angolo uno dei nostri uomini stava ancora aspettando il proprio turno. Forse con Jasmina, forse con qualcun'altra.

Mi mancava il respiro e sono uscito. Pochi passi più in là del bordello c'era la tettoia dei macelli della città. Un cammello – le zampe legate con grosse funi – stava riverso con il collo poggiato su una lastra di granito. Mentre il macellaio lo dissanguava, gorgogliava un bramito che ho continuato a sentire fino alla jeep.

Tornando all'Assekrem, la sera, Jibril mi ha chiesto con molta delicatezza se ero rimasto contento della mia visita a Jasmina. Non gli ho risposto, gli ho fatto invece una domanda. "Sei felice, Jibril?"

La luce del tramonto si era fatta morbida e Jibril aveva tolto gli occhiali da sole. Tra le bande della shesh si muovevano liberi i suoi occhi. Erano occhi lucidi e mi sembravano lucidi di contentezza. Mi ha guardato con condiscendenza, come se gli avesse parlato un fratello minore. Ha liberato le labbra dalla shesh e mi ha risposto con queste parole:

"Mi sono sdraiato sul tappeto di mia moglie, ho cotto del pane, ho portato i miei figli a piantare un dattero nel giardino di mio padre".

La shesh di Jibril non è turchina del colore tagil, ma verde del colore dell'Islam.

3.

AMAPOLA

Le mie mani.

Stanno diventando vecchie mani. Stanno diventando vecchie a gran velocità. È l'aria dell'Assekrem, sono i sassi dell'Hoggar. Non toccano mai acqua, quasi mai cose lisce, o cose morbide. Toccano il deserto per lo più, e qualche utensile. Gli utensili non sono mai abbastanza lubrificati; non lo sono mai nemmeno le mie mani. E serve a poco ricoprirle di crema. Sono piene di piccole ferite che rimarginano troppo in fretta. Le cicatrici complicano ancora di più gli intrecci delle rughe. Sono labirinti che non portano a nessun centro. Si perdono e basta.

Sulla punta delle dita sta cambiando la sensibilità del mio tatto. È più asciutto anche lui, tende a semplificare. Qui di complicato ci sono soltanto le canzoni di dimah Tighrizt. Ma poi sono complicate solo per me. Basterebbe che conoscessi di più la sua lingua e le capirei con la stessa naturalezza dei tagil che lo accompagnano con le taniche.

Da quando sono qui ho toccato una donna, ho toccato Jasmina, ma per il resto tocco solo deserto. Anche quando tocco i miei vestiti, quando tocco il cibo, quando tocco me stesso. Semplificare. Il mio tatto cerca di distinguere fra grandi princìpi: deserto, altro. Sa riconoscere il deserto e nel deserto cerca di trovare il resto. Sotto il deserto, accanto al deserto. Sa riconoscere bene sotto tutte le sue spoglie il deserto, è in attesa di riconoscere altro. Le rondini, magari. Mentre aspettano, le mie mani invecchiano. O forse, asciugandosi, si semplificano. In fin dei conti non sono ancora brutte mani, anche se ridotte all'essenziale. La bellezza secondo l'opinione di père Foucauld.

Chissà se una ragazza potrebbe giudicarle belle, le mie mani. Se potrebbe farlo senza la speranza di essere ricompensata in alcun modo. Potrei ricambiarla anche solo con una carezza. So che potrei, so che sono capace di buone carezze anche con questo tatto semplificato. Sarebbero carezze più leggere, credo; per distinguere bene il deserto dal resto. Ma non ci sono ragazze all'Assekrem, né in tutto l'Hoggar fino a Tamanrasset. E a Tamanrasset conosco solo Jasmina.

Ho tenuto fra le mani il muso di un'orsa, una volta. È vero. Si chiamava Amapola ed era un'orsa selvaggia. È successo al tempo della guerra di Bosnia.

Vista da qui sembra una storia molto lontana, in realtà non sono passati che pochi anni. Cinque, a conti fatti. Ma il tempo è una plastilina talmente elastica che può diventare qualunque cosa. La guerra di Bosnia è stata un secolo fa; meglio così per tutti.

Ci sono stato dentro quella guerra, e non sono affatto contento che ora mi torni in mente. Proprio ora che da più di un anno me ne sono liberato e la notte non la sogno più.

L'ho sognata a lungo, a intervalli regolari. Ho rivisto cose che avevo già visto e altre che non ho potuto che immaginare. Non sono mai stati incubi, in generale erano sogni in cui cercavo di sistemare le cose. Sistemare le cose come si può fare in un sogno.

Mi sono spesso chiesto, svegliandomi al mattino, se era giusto provare a sistemare le cose. Se era giusto dimenticare così in fretta. Non lo so ancora. Sono tornato una sola volta in Bosnia dopo la guerra, ed erano passati pochi mesi dalla fine. Sono tornato nella città di Tuzla. Era a metà dell'autunno e dalle montagne calava il primo vento freddo, ma le strade erano piene di gente a passeggio. Erano piene di ragazzi. I ragazzi della città di Tuzla che passeggiavano come in una domenica di primavera, in una qualunque primavera di prima. Gelati di pistacchio, canzoni, minigonne, sorrisi, chiacchiere. E molti baci; baci sulle guance, baci sulla bocca, baci involati dal palmo della mano. Avevano già dimenticato, in così poco tempo.

O forse i ricordi erano da qualche altra parte. Dove gli estranei non li possono vedere, né sentire. Sarei dovuto andare a guardare nell'ombra delle strade laterali deserte. O starmene una mattina seduto accanto al letto di uno di quei ragazzi ad aspettarne il risveglio. E guardare come si sveglia un ragazzo di Tuzla che è cresciuto dentro una guerra.

Nel dizionario di père Foucauld non compare la parola guerra, ma "akhemat", "battaglia". Non è la stessa cosa. Ho chiesto a Jibril se conoscesse la parola tagil per guerra e mi ha risposto "akhemat". I tagil sono un popolo molto battagliero, ma non bellicoso. Sono stati sempre talmente pochi e così dispersi che una guerra sarebbe per loro fatale. Anche se hanno combattuto terribili battaglie, è sempre stata loro abitudine trattare il più presto possibile il prezzo del sangue versato e farla finita. Ci sono parecchie leggende sulla crudeltà e il coraggio dei combattenti tagil e io li vedo andare molto fieri dei loro fucili automatici e dei lunghi coltelli dall'impugnatura intarsiata che spuntano dalla fascia che stringe alla vita la jalabjia. Ma, mi ha detto Jibril, in questo momento non hanno conti in sospeso con nessuno. Combinino o no affari con loro, i soldati di guardia all'Assekrem li trattano sempre con molta cautela.

Singolarmente, père Foucauld non parla mai della guerra, se non in un'unica occasione: "Non ci sono sopravvissuti a una guerra, solo resti viventi. Dovremo andare nei campi e nelle città a raccogliere questi resti e custodirli, pregando Dio giorno e notte perché nella Sua infinita carità compia il miracolo di ricomporli in esseri viventi".

Scrive questo dopo aver avuto notizia della fine della guerra. La Prima guerra mondiale. Dal suo punto di vista dunque, solo un miracolo può concedere a chi ha subìto la guerra di tornare a vivere da essere umano. È un punto di vista molto pessimista. Père Foucauld è stato per la prima parte della sua vita un soldato, ma non ha mai avuto esperienza diretta della guerra: è stato allontanato dall'esercito giusto in tempo per risparmiarsi l'occupazione del Congo, a cui il suo battaglione era destinato.

E l'Hoggar è stato risparmiato dalla guerra mondiale. Nessun esercito ha dimostrato interesse per il centro dell'Universo. Evidentemente, gli stati maggiori stendono nelle loro sale strategiche carte geografiche diverse da quelle di père Foucauld. Neppure l'esercito coloniale si è spinto in forze nell'Hoggar, se non per tentare di fissare dei punti di principio, degli avamposti simbolici. Non c'è mai riuscito, anche se nelle carte geografiche dello stato maggiore comparivano delle bandierine qua e là. In realtà quelle bandierine non dicevano nulla; erano solo bugie per tenere buoni i politici.

I tagil non sono mai stati ridotti a firmare trattati di soggezione; non hanno neppure una lingua scritta che possa far fede di un trattato. Eppure, se chiedete spiegazioni vi dicono che père Foucauld è morto a causa della guerra. Vi diranno che a ucciderlo sono stati i tagil, ritenendolo una spia dell'esercito coloniale. Jibril dice invece che sono stati i suoi vecchi compatrioti, ritenendolo un pericoloso agente indipendentista.

Père Foucauld è stato ucciso appena due anni dopo la fine della guerra, con varie ferite di arma bianca. Non c'erano testimoni, naturalmente, ed è stato trovato diversi giorni dopo da un vecchio tagil che era salito da lui per fare due chiacchiere; cosa che faceva da molti anni. Era disteso sulla soglia della sua capanna nella pozza del suo sangue seccato. Aveva la testa avvolta nella shesh turchina e il corpo nella jalabjia bianca che portava da quando era venuto nell'Hoggar. Gli abiti di qualunque altro tagil. In certi particolari momenti un abito comune può assumere la specie di una divisa. E una divisa prima o poi diventa un bersaglio, basta aspettare. Questo doveva saperlo père Foucauld, visto che è la prima cosa che si impara intraprendendo la carriera militare. Dunque sapeva che sarebbe andata a finire così. Prima o poi.

Qualunque sia stata la sua guerra, père Foucauld non è compreso nell'elenco dei resti viventi. Forse, nella sua tracotante umiltà, pensava di non meritare il miracolo della carità divina.

Fra i resti viventi della guerra civile di Bosnia ci sono state alcune centinaia di orsi. Sono finito dentro quella guerra per questa ragione. Non a causa degli uomini, ma per dei plantigradi. A quel tempo la mia vita si svolgeva molto lontano dal teatro dei combattimenti. Poi, nell'inverno del '94, mi è stato chiesto di lasciar perdere per un po' le rondini e di occuparmi di migrazioni ursine. Le migrazioni sono una mia specialità, gli orsi no. Ma era un buon contratto di lavoro.

Era successo che le guardie forestali e i montanari avevano trovato tracce di passaggi di orsi un po' ovunque nell'Alpe Carnica e Giulia, in particolare nelle grandi foreste intorno al confine sloveno. Risultava che ci fossero orsi in quantità a scorrazzare per la montagna ingozzandosi di mirtilli e di giovani caprioli. Questo accadeva in siti dove notoriamente erano scomparsi da tempo immemorabile. Non se ne capiva la ragione.

Fra l'estate e l'autunno successivi due giovani orsi erano stati feriti dagli automobilisti mentre attraversavano di notte l'autostrada che porta a Lubiana, all'altezza dei boschi di Rakek. Altri orsi sono stati visti passare in quel punto. Anche questo era irragionevole: l'autostrada tagliava una traccia che loro non volevano abbandonare. Era talmente intenso il traffico di orsi, che è stato costruito apposta un sottopasso. Il sottopasso esiste ancora, e lo si riconosce da qualunque altro perché è, appunto, ad altezza di orso. Interrogati, i bracconieri di qua e di là dal confine sostenevano che si fossero addirittura aperti una pista lungo i crinali; e questo è ancor più irragionevole degli orsi autostradali.

Gli orsi non sono elefanti, non sono abbastanza abitudinari e tanto meno sono socievoli al punto da viaggiare in convoglio. E poi gli orsi non sono animali migratori, non assomigliano per niente alle rondini. Gli orsi vagabondano, sono animali erranti. Prendono e partono, e non è affatto detto che ritornino. Di norma, non tornano in un posto che hanno lasciato. Vagano in cerca di un compagno con cui accoppiarsi, quando è la stagione, oppure si mettono in cammino per nessuna ragione conosciuta. Partono, semplicemente. Non sono animali fedeli, non formano coppie fisse: dopo l'accoppiamento, il maschio e la femmina riprendono ciascuno la propria strada. È noto che sono le femmine quelle più propense a spostarsi appena sono cresciute abbastanza. Che siano innamorate o meno, le orse sono le viaggiatrici di più lungo corso.

Dal punto di vista degli etologi, il 1994 è stato dunque l'anno degli orsi. Un allettante panorama di finanziamenti, borse e campagne di studio. Così sono partito per la Carnia a fare il mio lavoro. Cambiavano dimensioni e prestazioni dei soggetti, ma quello che bisognava saper fare erano le solite domande che avevo imparato a formulare nel modo corretto alle rondini: da dove venite, ragazze? dove ve ne state andando?

Non conoscevo la montagna, o almeno non come avrei dovuto per fare bene il mio nuovo lavoro. Ho imparato.

Non sapevo sciare e ho imparato sulla neve vergine. Ho imparato a marciare sui precipizi e ad arrampicarmi su costoni perpendicolari all'asse di gravità. Ho imparato cos'è una foresta, quanto sia vasta e indecifrabile; mi sono affacciato al mistero del latte che diventa formaggio, e ho anche imparato a farlo.

Tutto questo mi è stato insegnato dai due forestali che erano con me, uomini della selva di Trnovo. Milo e Rudi, il vecchio e il ragazzo, il muto e il ciarliero, il prudente e lo sventato, lo zio e il nipote. D'accordo ambedue che l'unico vero problema che avrebbero dovuto affrontare era l'inettitudine del sottoscritto. Ho fatto del mio meglio per non creare troppo disordine.

Ci era stata assegnata una porzione di territorio attorno al Monte Canin. La zona era vasta e selvaggia abbastanza da essere sicuri di non riuscire a esplorarla per intero neanche in dieci anni. Volendo, avremmo potuto stabilirci lì inseguendo tracce di orsi per l'eternità. Avevamo una casa, una baracca di pietre e assi in un alpeggio al limite estremo dei faggi. Era un posto così alto e isolato, che persino un'accorta mamma orsa l'avrebbe considerato un riparo confacente ai propri standard di sicurezza per un parto imminente.

Avevamo un solo compito da portare a buon fine: trovare uno di questi famosi orsi e fissargli al collo un piccolo gingillo elettronico. Messo al guinzaglio, da quel momento in poi quello sarebbe stato il nostro orso e ovunque fosse andato non sarebbe più stato da solo, neanche un secondo. Il nostro orso ci avrebbe raccontato tutto di sé e noi avremmo svelato l'arcano mistero della sua erranza fuori rotta.

In realtà era come una vacanza. Passavamo i giorni e i mesi marciando nelle selve da sole a sole, mentre nella capanna la polenta rapprendeva, il latte cagliava, il formaggio stagionava. Marciavamo. Milo indicava le cose. Aveva la ruvidezza di un antico dio silvestre. La sua faccia era di legno scuro, era spaccata in diversi punti e assomigliava alle facce degli spiriti protettori scolpite sugli architravi delle case più vecchie. Lui indicava e le cose si manifestavano, e prendevano corpo e ragione. Indicava con un movimento breve del mento, senza neppure disturbarsi ad allungare una mano, una nuvola, un cumulo di foglie, un orizzonte, una merda seccata. Rudi annuiva e raccontava.

Raccontava a quello venuto da fuori, e provava un intenso e perverso piacere se quello di fuori annuiva e non capiva. La pitonessa del dio Milo. Parlava nella mia lingua, una lingua che non conosceva bene; la lingua che aveva imparato per l'esame di ammissione nel corpo forestale dello stato che gli aveva rilasciato la carta d'identità. I suoi racconti erano vaticini per lo più incomprensibili per uno che veniva da fuori; non spiegavano niente, ma erano belli da sentirsi nel silenzio.

Quello che più abbondava sui contrafforti del Monte Canin era il silenzio. Ma un poco alla volta quello di fuori imparava. Per prima cosa ha imparato dove mettere i piedi, poi a riconoscere quello che aveva calpestato o evitato di calpestare. E poi ancora ad alzare il naso verso i crinali senza inciampare.

È stata una bella vita, anche se per tutta la prima stagione di campagna non abbiamo avuto molta fortuna con gli orsi.

Il fatto è, appunto, che gli orsi non sono come le rondini, né come le cicogne o i salmoni: non c'è nessun varco certo dove aspettarli, né una rotta sicura da intercettare. Non seguono l'esempio dei loro vecchi e detestano le abitudini. Così ho anche imparato ad accontentarmi.

Direi che, nell'ambiente degli orsologi, accontentarsi è la massima virtù. Se non hai la possibilità di mettere le mani su un orso in carne e ossa, puoi occuparti con grande profitto di quello che si lascia alle spalle. Perché anche se non li vedi gli orsi ci sono, ci sono davvero. Così nel primo anno abbiamo raccolto non meno di trenta cacche, cacche lasciate in giro da dodici individui diversi.

Studiare merda è l'occupazione più intensa a cui ci si possa dedicare in assenza di avvistamenti. Gli intestini contengono la documentazione più esauriente e onesta di un essere vivente. Sarebbe così anche se si volessero studiare gli uomini invece degli orsi. La specificità delle feci ursine è che puzzano molto di più di quelle di gran parte degli altri animali, uomo compreso. A parte questo, e il piccolo fastidio che ne può derivare, i nostri trenta reperti erano un ricco bottino; ci mancava ancora solo di vederli in faccia, ma dei dodici orsi sapevamo praticamente tutto: sesso, età, predilezioni, spostamenti, stato di salute, numero di piede, e anche carattere. Alla fine dell'anno ci erano diventati così familiari che parlavamo di ciascuno di loro come del cane di casa. Avevano anche un nome.

Io avevo trovato Amapola.

Amapola era una femmina che aveva lasciato tre cacche dietro di sé, in un terreno talmente improbabile da permettermi di scoprirle io per primo. Aveva fatto i suoi bisogni sul culmine di tre roccette a vista l'una dell'altra, prendendosi il disturbo di salire su ognuna solo per quella ragione: su quelle rocce non c'era possibilità di cibo, né di riparo. E gli orsi marcano il territorio in altro modo, non così.

Mi sono imbattuto nelle cacche di Amapola perché avevo imparato da poco ad arrampicarmi e salivo su tutti i sassi che incontravo: le ho trovate giocando.

Secondo l'opinione di Rudi era un orso pazzo, perché non si era mai visto niente del genere nemmeno fra gli umani, neppure per scommessa. Comunque era la mia orsa, non importava che fosse pazza. Ho scelto il nome di Amapola per fare un regalo a Dinetto.

Avevo voglia di fare un regalo a Dinetto; lui se n'era andato lasciandomi un sacco di gabbiette per canarini nuove di zecca senza darmi il tempo di ricambiarlo.

Credo che Dinetto da, qualche parte della sua gioventù avesse avuto un'amante, un amore segreto. Non so come avesse potuto, non mi ha mai lasciato solo se non per andare a mettere in atto le sue soluzioni da tappollista. Non ricordo che avesse mai fatto dei viaggi per conto suo, o che avesse dormito anche una sola notte fuori casa.

C'era la Mariuccia, la lucciola del cinema Smeraldo. Si fermava a parlare un po' con lui prima di entrare in sala e poi ci accompagnava al posto tenendolo per un braccio. Teneva per il braccio lui, non me, la Mariuccia, e faceva strada con la sua lampadina tenendola bassa bassa. Forse andavano a fare l'amore da qualche parte nei sotterranei del cinema nel cuore del secondo tempo, quando di qua dallo schermo qualunque cosa poteva accadere senza che me ne importasse niente. Poteva anche sparire, Dinetto. Forse.

Ma anche se non era la Mariuccia, nel suo cuore di tappollista teneva qualcosa per sé. Io lo vedevo bene: un figliolo ha occhi per tutto. Nonostante fosse una piccolissima cosa, quasi invisibile.

Quando succedeva che ero ancora bambino, pensavo: mio padre ha l'attacco. Da ragazzo, diventato un po' più scaltro, pensavo: mio padre va in vacanza.

Non era un attacco, Dinetto non aveva malattie; era più probabile invece che andasse in vacanza. Era una partenza dell'ultimo minuto, senza preavviso; non aveva frequenza periodica: da questo punto di vista Dinetto non era un migratore, era un errante. Poteva accadere che per mesi non se ne vedesse traccia, o succedere più volte alla settimana per parecchie settimane di fila.

Poteva essere intento a fare qualunque cosa: riparare un rubinetto o leggere il suo giornale dei tappollisti sovversivi, oppure non fare niente, guardare il suo figliolo fare i compiti di scuola. Si assentava. Se stava guardando qualcosa distoglieva lo sguardo, si mordeva il labbro inferiore come se si sforzasse di concentrarsi su qualcosa a cui stava pensando da tempo. E poi si metteva a canticchiare fra sé una canzonetta. Poche parole, pochi secondi. Poi riprendeva quello che stava facendo. La canzone era sempre la stessa, e sempre uguali le parole:

> *Amapola, mia dolcissima Amapola,*
> *la regina dei miei sogni*
> *sei tu sooola.*

Anche se la cantava con un filo di voce, non sono mai stato abbastanza bambino da non sentire la dolcezza della melodia di quella canzonetta. E lo struggimento che ci metteva.

Dinetto, anche se solo per un attimo, andava molto lontano.

Andava da lei, chiunque fosse questa Amapola. Per questo distoglieva sempre lo sguardo: per non confondersi lui, ma, soprattutto, perché non mi confondessi io. Non fossi indotto nell'errore di pensare che quella sua canzone fosse per qualcuno che era lì, in casa. Era un uomo orgoglioso Dinetto, un uomo dedito a fare ogni cosa a regola d'arte: aveva anche trovato il modo di prendersi la sua libertà senza fare il minimo disordine intorno.

Non gli ho mai detto niente, nemmeno quando lo beccavo a cantarsela negli ultimi tempi di salita dell'Incarnazione, che era ormai vecchio per qualunque Amapola.

E alla fine il suo figliolo gliel'ha voluta regalare, la sua Amapola. L'ho fatto perché adesso lui non c'è più, altrimenti non mi sarei permesso. L'hanno messo sotto mentre se ne andava col motorino a comprare il suo giornale; ci vedeva poco, sia per il giornale che per il motorino, ma questo non vuol dire. Anche gli orsi che hanno messo sotto sulla strada per Lubiana ci vedevano poco, come tutti gli orsi. Ci vedo poco anch'io. Quando è arrivata l'ambulanza era già partito; chissà se ha avuto il tempo di dirsi: be', andiamocene un po' in vacanza. Chissà se si è messo a zufolare la sua canzonetta ancora per una volta. Quella buona, probabilmente.

Ai forestali non ho raccontato tutta la storia. Ho detto: per me è Amapola. E Milo ha aggiunto dei segni sul registro. C'erano già segnati una Moira, un Maresciallo Tito, un Mandrake e una Paula.

Amapola era una giovane orsa, a giudicare dai reperti. Mangiava poca carne e quella poca la ingeriva che era per lo più già in putrefazione. Questo voleva dire che non era ancora abbastanza brava nella caccia e doveva accontentarsi dei resti di cacce altrui e di carogne. Ogni tanto mangiava miele e diverse api assieme al miele; era ghiotta di mirtilli e, a giudicare dalla presenza costante dei semi, era capace di fare molta strada solo per farsene una scorpacciata. Era sana, con una muta di pelo soffice e robusta. Ed era inquieta.

Apparentemente si muoveva come se non avesse le idee chiare sulla sua meta, tornando spesso sui suoi passi. E, da quello che potevamo capire, Amapola in quell'anno non si era ancora accoppiata.

Alla fine dell'inverno del '94 sapevo abbastanza cose di lei, quasi tutto, tranne un'informazione essenziale: che strada avrebbe preso. Ho approntato decine di modelli per tentare di decifrare i suoi reconditi progetti e nessuno ha funzionato. Non avevo la minima idea di come fare a incontrarla.

Alla fine è stata lei a venirmi a trovare. Di mattina presto, in uno dei primi giorni tiepidi d'aprile.

Era lei, lo abbiamo scoperto dalle analisi. Ma era lei anche senza bisogno di controlli: chi poteva mai essere, se non Amapola?

Dal punto di vista di père Foucauld "cerchi chi devi cercare, incontri chi devi incontrare. Sono sempre i piedi che Dio muove per primi. I Re Magi avevano menti aperte e piedi preveggenti. Questa è la ragione che li ha portati alla Stalla".

Allora non sapevo niente di père Foucauld, sapevo solo che prima o poi avrei incontrato Amapola. E che se avessi avuto abbastanza coraggio le avrei cantato all'orecchio la canzone di Dinetto.

Non abbiamo potuto sapere quando è arrivata; alle sei di mattina ci siamo messi a preparare la colazione e lei era già lì. Forse le piaceva il profumo del caffellatte. Forse quel caffellatte era così forte e promettente da coprire i nostri odori. La potevamo vedere dalla porta aperta della capanna al limite della macchia di faggi, distante non più di duecento metri: come avercela in casa.

Se ne stava tranquilla in posizione di riposo, il lungo corpo disteso e il muso appena sollevato sulle zampe. Immobile. Le ho sparato io. Non ero io che avevo la mira migliore, ma ho deciso così. Potevo decidere questo genere di cose. Milo ha fatto cenno di sì quando ho raccolto il fucile.

È stato un bel gesto da parte sua: era il miglior tiratore e il più esperto di tutta la selva, e Amapola era il primo orso a cui potevamo mirare. Io ho la vista difettosa, non individuo con precisione gli oggetti in movimento, né quelli in piena luce, ma Amapola era immobile nell'ombra del faggeto. Amapola era mia, era mia e di Dinetto. L'ho centrata nel punto giusto, alla base del collo, proprio sopra la scapola; nessuno avrebbe potuto fare di meglio. Prima di andare a trovarla ho contato tre minuti buoni, come raccomandano le istruzioni del narcotico.

Era ancora lì, nella stessa posizione; solo con il muso riverso di lato. Era proprio una giovane femmina; nel modo ursino in cui poteva esserlo, una bella ragazza. A tre passi da lei ne ho sentito l'odore: fiele e nocciole.

Avevo avuto molto tempo per esercitarmi, sapevo perfettamente cosa fare. La cosa più importante era fissare la trasmittente. Cercare il punto giusto nel collo. Non avevo mai toccato un orso. Rondini tante, orsi nessuno; anche a volersi esercitare, non ci sono orsi in cattività abbastanza accondiscendenti da prestarsi per far fare un po' di pratica a quelli come me.

Ho preso tra le mani il muso di quell'orsa come sapevo prendere una rondine. Con le mani a coppa, come se potessero contenerlo, diventare un nido di orso. Vista con gli occhi di Milo e di Rudi era una cosa ridicola. Perse nella massa del pelo spesso e ferino, le mie grosse mani non servivano a niente.

Però è stato bello per un attimo tenere Amapola fra le mani, come a volerle bene. Come ho voluto bene alle rondini del water. Finché ho tenuto il suo grosso muso inerte fra le mie mani, finché ho sentito sui polpastrelli il pelo morbido, umido della rugiada mattutina, Amapola è stata rondine. Come l'altro giorno è stata rondine Jasmina. Jasmina sapeva di gelsomino, Amapola di fiele e nocciole. E non era, come sembrerebbe detto così, un odore disgustoso, era solo molto penetrante.

Le ho cantato la canzoncina di Dinetto e poi le ho stretto al collo un gingillo elettronico del valore di diverse migliaia di dollari. Buon viaggio, amore mio.

Ho amato quell'orsa e non credevo che fosse una cosa umana farlo.

Una sera dimah Tighrizt ha cantato per la sua cammella Sirath.

Ha glorificato il candore del suo manto, la lucentezza dei suoi denti, il profumo di orzo del suo alito, la curva delle sue ciglia, la dolcezza dei suoi occhi. Ha raccontato dei lunghi viaggi nel deserto e del suo coraggio nell'affrontare i demoni in agguato nelle piste, della sua abnegazione nel sopportare la fatica.

Dimah Tighrizt è stato più volte salvato da sicura morte dalla sua cammella. Si è dissetato della sua limpida urina quando è rimasto con la pelle dell'acqua asciutta. Si è protetto dalle tempeste di polvere addossato sottovento alla sua morbida groppa. Con il suo mite bramito Sirath ha invocato per lui l'angelo del Signore quando la sua voce era ormai disseccata.

Ora, lontano da casa, il vecchio dimah aveva nostalgia della sua casta cammella, non della sua lubrica moglie.

Jibril dice che ogni tagil ha nel cuore un ventricolo per ospitare l'amore per la sua cammella. Dice che questo non posso capirlo. Non è lo stesso amore per il fucile automatico che gli salva la vita. Non è lo stesso amore per la Toyota che gli procura da vivere. Dice che è un amore gratuito. Dice che un tagil non ucciderà mai la sua cammella, neppure se la sua carne dovesse salvarlo dalla morte per fame. Jibril ha visto molti uomini levarsi il pane di bocca per nutrire la cammella e molti piangere per la sua morte.

Dice anche che quando un tagil sceglie la sua cammella fra i puledri di un branco, da quel momento l'animale non appartiene più alla stessa razza degli altri. Che finiranno rognosi e bizzarri a scalciare nelle carovane, o sgozzati nei macelli. Diventerà una sorella speciale, una piccola divinità. La cammella del dimah, dice, possiede una santità molto più antica del più antico santo dell'Islam: è la santità che tiene ancora stretto il vecchio al deserto e ai suoi spiriti. Intercede per lui presso tutto ciò che nel deserto è più antico e più profondo degli uomini.

Abita il centro dell'Universo, direbbe père Foucauld della cammella, ma non ho trovato niente scritto da lui su questo argomento. Si dice che per tutta la sua vita nell'Hoggar père Foucauld non abbia mai usato altro mezzo per spostarsi che non fossero i suoi piedi, qualunque e quanta fosse la strada che doveva fare.

Amapola è da qualche parte adesso, più vecchia, più grassa e certamente meno curiosa di allora. Non credo che al suo risveglio abbia potuto apprezzare il ricordo che le ho lasciato: un fastidioso parassita di plastica in un punto dove non riesce a grattarselo via. E il forte, alieno odore delle mie mani.

Non so cosa le avrà fatto venire in mente quell'odore, e in quanti ruscelli si sarà lavata e in quante marcite rotolata prima di toglierselo di dosso. So però che non sono stato il primo umano di cui abbia portato con sé una traccia.

L'ultima volta che ho chiesto mi hanno detto che oggi Amapola si trova ad almeno duecento chilometri a ovest della macchia di faggi dove l'ho incontrata. Amapola ha un nuovo etologo che le sta alle calcagna.

Se cerco di guardarla da quassù, dal cuore spoglio dell'Universo, Amapola non è soltanto l'orsa a cui ho cantato una canzoncina, ma, non molto diversamente dalla cammella di dimah Tighrizt, una sorella speciale, un tramite, una costruttrice di legami, una portatrice di misteri.

Dopo il nostro primo incontro, Amapola ha badato bene di tenersi alla larga. Da allora non l'ho più incontrata. Dal punto di vista del mio lavoro non era più necessario che accadesse: quello che c'era da fare era stato fatto. Ho seguito il *dit dit dit* della sua trasmittente e ho potuto stabilire su una carta topografica l'andamento delle sue erranze.

Disegnato sulla carta, il suo cammino prendeva un certo senso. Amapola non si muoveva in modo del tutto casuale: nonostante molte incertezze manteneva una costante direzione da est verso ovest. Amapola era venuta a visitare l'Occidente e intendeva proseguire. Viaggiava sola, ma non era la sola su quella rotta.

A forza di rovistare nei boschi a raccogliere escrementi e peli, a prendere impronte e a perdere la vista sui microscopi, infine è stato svelato l'arcano. L'ondata ursina che stava ripopolando le Alpi era composta di profughi di guerra. Amapola apparteneva al ceppo genetico dell'antica e nobile famiglia plantigrada della foresta balcanica. Ce n'è un rappresentante maschio in posa nello stemma della Bosnia da diversi secoli. Aveva fatto molta strada Amapola, per venire ad annusare il mio caffellatte. Immagino che se fosse stato per il caffellatte o per i mirtilli del Monte Canin, non ne sarebbe valsa la pena.

Ma Amapola era in cerca di un po' di pace. Chi ha davvero bisogno di pace non conta i chilometri.

Ho scoperto che quando c'è una guerra i telefoni funzionano per lo più regolarmente, a volte funzionano meglio del solito. C'era la guerra e gli umani dovevano occuparsi degli umani, sempre che potessero farlo; ma dentro la guerra c'erano umani che avevano ancora speranza di potersi occupare di plantigradi.

Gli etologi di Bosnia lavoravano, lo facevano come potevano. Ho saputo da Hasan Kikić, professore dell'Università di Tuzla, orsologo di Bosnia, cos'era accaduto.

Non c'è un posto abbastanza remoto per ripararsi da una guerra, nemmeno il cuore della selva primeva è abbastanza protetto. Gli orsi se ne erano venuti via, sfrattati dai loro covili dalle mine e dalle granate. Né più né meno di quello che avevano fatto gli umani. Quello che fanno sempre gli umani non direttamente interessati a farla, la guerra. Prendono e vanno.

Non c'è mai un luogo preciso dove andare, solo una direzione da prendere. A ovest, verso occidente, semplicemente perché là non si sentono le cannonate e non ci sono incendi.

Amapola la profuga, Amapola in cerca di pace. Amapola che non era un'orsa qualunque perché portava con sé un segreto angosciante più ancora della guerra.

È successo questo. La mattina del nostro incontro le avevo fatto un bel lavoro di pulizia. Dopo la pesa e le misure, le avevamo prelevato dei campioni di sangue, del muco nasale e di saliva, un pezzetto di unghia e due ciuffi di pelo, uno superficiale e uno del vello più profondo.

Quest'ultimo l'aveva raccolto Milo in un punto, dietro l'arco mascellare, dove la pelle forma un'ansa. Lì era certo che non ci avesse mai battuto il sole; una zona vergine dove le pratiche di toilette dell'orsa non potevano mai essere state molto efficaci. Infatti il pelo era ispessito da diversi residui. Un po' di tutto, anche delle modeste briciole di vecchio sangue.

Sangue di un gruppo diverso da quello di Amapola. Di differente composizione chimica e molecolare. Sangue umano. Amapola era sporca di sangue umano. Aveva azzannato. Se aveva morso nel punto giusto, esercitando la forza di cui era capace, aveva certamente ucciso quell'umano. E se così era andata, probabilmente aveva finito il suo lavoro e se ne era nutrita.

Ma non sono cose da orsi queste, non da giovani orsi bosniaci. Sono cose da favole. Magari da orsi grigi dei tempi remoti, forse da grizzly canadesi e da orsi polari. Non da orsetti bruni. Un orso fa già abbastanza fatica ad avere ragione di una pecora o di un capriolo. L'unica ragione per cui un'orsa può attaccare un umano è se quell'umano minaccia i suoi cuccioli. Ma Amapola era ancora vergine.

Chi aveva azzannato Amapola, perché lo aveva fatto? Chi l'aveva minacciata in modo così definitivo da indurla ad accettare lo scontro con il più grosso tra i mammiferi predatori? Chi aveva incontrato la profuga nella foresta?

All'esame del Dna il sangue è risultato appartenere a un umano di sesso femminile. A una ragazza, una ragazza come Amapola. Non proprio come Amapola. Il ceppo genetico della donna non era bosniaco, apparteneva a un altro gruppo. Un gruppo che non figurava nel grande atlante informatico degli umani. Un gruppo che non era compreso fra le migliaia che avevano un nome di appartenenza e un luogo di residenza. L'umana era, geneticamente, una sconosciuta.

Dit dit dit, batteva il cuore elettronico di Amapola; *dit dit dit*, navigava sullo schermo verdolino la traccia dell'orsa antropofaga a spasso per le selve, ancora volta a occidente. Io volevo bene a quell'orsa. L'avevo tenuta fra le mani, le avevo cantato una canzone. Perché mai avrebbe dovuto mangiare un umano per arrivare fino a me?

4.

CAUCASO

Ormai è notte fonda. Senza darlo troppo a vedere si è fatto lentamente largo fra le montagne a levante un quarto di luna crescente con la gobba all'ingiù. Agli occhi di un settentrionale è una luna rovesciata. Non ho ancora imparato a vederla come va vista da qui, dal suo verso giusto, e oziosamente il settentrionale si domanda se non si possa raddrizzare. Un quesito da porre a Dinetto, tipica complicazione in cerca di una soluzione da tappollista.

Jibril è appena venuto a darmi la buonanotte. È tutto tranquillo, gli uomini sono acquartierati e quelli che non hanno più sigarette da fumare già dormono. Per domattina ogni cosa è pronta, il programma già predisposto, gli attrezzi appena impacchettati. Jibril sa fare le cose per bene. Le fa così bene che mi sveglia lui la mattina. Più confacente della sveglia che mi sono portato. Più dolcemente.

Mi svegliano i rumori nitidi e ordinati di Jibril che sistema le ultime cose nelle sue sacche. *Tink tink* di metalli che si sfiorano, frusciare di cinghie che si stringono, fibbie che si allacciano, piccoli oggetti di legno che cloccano.

Erano i rumori del primo mattino di Dinetto. Predisporre con cura gli attrezzi. La borsa di cuoio duro del tappollista. Delicatamente. Attrezzi costosi, scelti dopo lunga riflessione in negozi senza insegne, magazzini bui per specialisti che acquistano al tatto. Zeppe e cantinelle costruite in proprio per sopperire all'ottusa funzionalità dell'attrezzo industriale.

Jibril e Dinetto si preparano allo stesso modo al giorno che verrà, pensando con ampiezza di vedute a ciò che andrà fatto, perché sia fatto a regola d'arte. Jibril non assomiglia a Dinetto, sono i loro pensieri che si assomigliano. Il suono dei loro pensieri mi ha svegliato e mi sveglia come se sentissi sussurrare una canzone accanto al mio letto.

Poi Dinetto scendeva al forno a prendere il pane fresco e preparava il caffellatte per sé e per il suo figliolo.

Sull'Assekrem il tè è compito di Ahmul. Ahmul ha la responsabilità per tutta l'acqua del campo. Ma Jibril fa una cosa che Dinetto non sapeva fare. Jibril prepara baghett per tutti gli uomini. Prepara l'impasto e lo mette a cuocere prima dell'alba sui sassi che ha lasciato a scaldare nella notte attorno alle braci di carbone. Mescola la semola del cuscus con un po' di farina bianca; le baghett sono calde e dure come i croccanti delle fiere. Le baghett di Jibril irrobustiscono i denti e riempiono lo stomaco prima che il sole lo riduca a una vescica secca.

Jibril mi ha chiesto con il dovuto rispetto perché non mi ritiro anch'io, mancano sì e no cinque ore all'alba. Non lo so perché; vorrei riuscire a finire di pensare quello che stavo pensando.

Questo Jibril non lo capisce: "La notte serve a riposarsi dai pensieri del giorno e il giorno non dà riposo ai pensieri della notte".

È una risposta da tappollista. È una risposta da prudente padre di famiglia e da vero credente.

"I pensieri della notte sono tentazioni dei demoni, salgono dalle crepe della terra come gli scorpioni. Come gli scorpioni in cerca dell'umidità della notte per dissetare l'anima seccata." Questo non lo dice père Foucauld, questo lo dice la pia tradizione dei santi dell'Islam che hanno pregato prima di lui in questo deserto. Jibril non è molto religioso, ma sa le cose che deve sapere.

Anche père Foucauld sapeva le cose, però la notte non dormiva. Di giorno pensava e la notte scriveva. Pensava lavorando e pregando, scriveva quello che ricordava del giorno. Si dice che non abbia mai dormito per tutto il tempo che è vissuto sull'Assekrem. Ma i suoi libri sono pochi: ha usato le notti con parsimonia e le parole con molta cautela. Lo si capisce leggendo, per questo mi piace.

"Va' a dormire, jacuija," sussurra Jibril, "va' a riposare, o le stelle ti cadranno addosso."

Come sono basse le stelle sul colle dell'Assekrem.

"No, resto ancora un po'."

"Se vuoi ti faccio compagnia, jacuija, ho dormito per tutto il tempo che dimah Tighrizt ha cantato. Mi fa piacere restare, so come fare con gli scorpioni."

Jibril, venticinque anni, arabo fra i tagil, con una moglie e due figli in città, la sa più lunga di tutti qui.

"Cosa ha cantato di così noioso stasera il dimah da farti addormentare?"

"No, non era noioso, ma è una storia che conoscevo già. La conoscono tutti qui, anche se il dimah dice che è successa a lui. Lo sappiamo che non è vero, ma a molti piace ascoltarla."

"Di cosa parla, Jibril?"

"C'era un leone qui, una volta. Viveva nelle gole di Adrar n'anhet. Mio padre diceva che era l'ultimo leone dell'Hoggar e suo padre diceva la stessa cosa. Veniva a mangiare le nostre capre, ma nessuno ha mai provato a ucciderlo. Era l'ultimo leone dell'Hoggar, valeva le capre che mangiava. Doveva essere vecchissimo, forse più di cento anni. Era zoppo, a causa di qualche combattimento di gioventù o di una trappola, e lasciava nella polvere una traccia inconfondibile. Vedevamo le sue tracce, ma nessuno lo ha mai incontrato. Trovavamo i resti di una capra anche a molti chilometri dall'ovile; tornavamo con quello che rimaneva della sua pelle perché tutti vedessero chi era stato. Poi ha smesso di mangiare i nostri animali e un giorno un tagil che cercava acqua dalle parti di Meredoua ha trovato il suo corpo. Era disteso sulle pietre del deserto, disteso sul suo stesso sangue. Il sangue gli era uscito da una ferita nel costato. Era ancora fresco. L'uomo è venuto via senza averlo toccato. Una pelle di leone vale quasi una casa, ma, anche se vede che è morto, un uomo non si avvicina a un leone se il suo sangue è ancora fresco. La storia non è questa. La storia è che da allora molti altri tagil hanno visto il leone zoppo dell'Hoggar. Lo hanno visto in luoghi diversi, molto distanti fra loro. E il suo sangue era sempre fresco. Come se fosse appena morto. Per questa ragione nessuno gli si è mai avvicinato per cercare di scuoiarlo. Nemmeno dimah Tighrizt, per quello che ne so; dormivo mentre cantava."

"Cosa significa questa storia, Jibril?"

"Niente. Che l'ultimo leone dell'Hoggar è morto, ma non è morto abbastanza. Penso che i tagil non smetteranno mai di incontrarlo; non era una cosa così brutta farci rubare qualche vecchia capra dal nostro leone zoppo."

Ascolta, Jibril: so di chi era il sangue sul muso dell'orsa Amapola. So cos'è successo anche se non ero lì a vederlo. Lo so, questa è la verità. Quel sangue è di una giovane donna che viene da un lontano paese. Il suo paese è così lontano, che nessuno che non venga di lì sa neppure che esiste. Quella donna è così bella, che quando l'ho vista ho pensato che poteva anche non essere vera.

Non esistono solo le cose vere.

L'ho incontrata a Tuzla, la città del sale. L'ho incontrata l'ultimo giorno del grande assedio. Ma di lei sapevo già tante cose. L'orsa mi ha messo per strada, l'orsa mi ha procurato incontri con gli spiriti.

Sono partito per la Bosnia, Jibril. Non sapevo niente della guerra e la prima cosa che ho imparato è che non è per niente difficile entrarci. La guerra apre diverse porte di servizio.

Avevo uno zaino. Ho messo dentro le cose come se dovessi partire per un'altra campagna sul Monte Canin. Ho aggiunto solo un quaderno con la storia di Amapola, mille marchi tedeschi in contanti e il numero di telefono dell'ufficio del professor Hasan Kikić. Sono partito e non sapevo dove andare.

Oggi so che la mia mente ha onestamente seguito i miei piedi, allora pensavo solo che sarei dovuto partire. Non fa molta differenza.

L'ho presa alla larga, dall'Ungheria. Da Budapest c'è un autobus che arriva al confine serbo. Almeno c'era allora. Sedici ore di strada, aria condizionata e rock magiaro. Gente che sale e che scende in piena notte. Stazioni di servizio buie in mezzo al buio al bordo di piccoli paesi che riuscivi a malapena a capire che esistevano. Fermate piene di gente che dorme sotto le tettoie, persino nelle latrine. Nessuno mi ha chiesto dove andavo, nessuno è partito da Budapest per arrivare a Tompa.

La dogana di Tompa era un piazzale pieno di camion e di gente. Militari, paramilitari, civili, contrassegni di ogni tipo, non si distinguevano bene. C'era una baracca di cemento con scritto "Snack Bar". Doveva fare affari milionari. Davanti alla porta, c'era un'orchestra che suonava. Una fisarmonica, un sassofono, un violino. La prima musica che ho sentito suonare è stata 'O sole mio. La conoscevo. Un'orchestra di zingari; rumeni, magiari, forse bielorussi, o bulgari. Chi lo sa?

Gli zingari.

Non sai di cosa ti sto parlando, Jibril. Una di quelle orchestrine di professionisti che hanno suonato in tutti i ristoranti di tutto l'Est d'Europa ai tempi del socialismo. Onesti professionisti. Musicisti molto in voga quando i gusti dei clienti erano più semplici, più tradizionali e accomodanti. Quando agli sposi piaceva ballare i vecchi balli. Quando ai ragazzi poteva ancora venire voglia di baciarsi se lì vicino suonavano *'O sole mio*, o *Moscow Midnight*.

Gli occhi di quegli zingari appoggiati allo snack bar, Jibril, ti dicevano che avevano visto parecchie cose. Forse non tutto, ma quasi. Di certo avevano visto sparire i locali dove si erano fatti una carriera, e i ragazzi che li stavano ad ascoltare. Eppure non avevano voglia di cambiare repertorio. Non ancora. Ci avevano lavorato forse trent'anni ad affiatarsi, ci avevano lavorato duramente; non valeva la pena cambiare.

Gli zingari devono sapere degli uomini cose che a noi sfuggono, come i bracconieri sanno più cose sugli animali degli etologi. Perché altrimenti, alla frontiera di una guerra, un'orchestra che suona *'O sole mio* sarebbe totalmente nuda e scalza di ragione.

Mentre me ne andavo da Tompa, sotto il ringhiare del camion che ingranava la ridotta, sentivo ancora l'orchestra. Suonava in modo brioso una vecchia canzone americana dove c'è un treno che fa *chuo chuo*. È un motivo molto allegro e molto semplice e tutto il suo fascino sta in quel *chuo chuo*. La fischiettava Dinetto mentre costruiva le sue gabbiette: la fischiettava perché io potessi fare il verso del treno assieme a lui. Ma non so se ti sarebbe piaciuta quella musica.

Sono entrato in Bosnia su un camion, uno delle molte decine di grossi camion che dalla frontiera partivano per le repubbliche in guerra. Ho chiesto un passaggio e ho viaggiato per una settimana. C'erano molti controlli e non ce n'era nessuno; occorrevano diversi lasciapassare e nessuno era buono.

Il camion era di un armeno. Era un vecchio camion russo; se ne vede ancora qualcuno anche da queste parti. Sai come sono fatti: se Dio vuole, vanno dappertutto. Sul telone del camion c'era una grossa scritta gialla; era in inglese sopra e in alfabeto cirillico sotto:

"American Instant Laboratory"
"Laboratorio istantaneo americano".

La scrittura cirillica per noi è come la scrittura araba, sono molto pochi quelli che la sanno leggere. Io no. L'armeno invece conosceva quella scrittura e sapeva parlare undici lingue, almeno nove in più di quelle che conoscevo io. È stato facile per lui parlare.

Ha parlato tutti e sette i giorni, sempre. Quasi sempre: a volte, quando era stanco di tutto quel suo parlare, cantava.

Non era dimah Tighrizt, però gli assomigliava.

Dimah Tighrizt guadagna cantando, lui con il suo American Instant Laboratory. Ma sapeva raccontare come lui. Come dimah Tighrizt, mi ha raccontato di quello che aveva visto e nessun altro aveva potuto vedere. Non era vecchio, aveva solo qualche anno più di me, ma era già stato dappertutto.

Gli armeni fanno così, vanno dappertutto e non si fermano mai. Come i tagil, ma diversamente da loro. Gli armeni sono stati cacciati via dalla loro terra, hanno molto sofferto e soffrono ancora per questo. Tutti volevano la loro terra, nessuno vuole l'Hoggar.

Si chiamava Zingirian e assomigliava come un gemello a un famoso cantante di quando ero ragazzo. Anche il cantante era armeno. Avevano tutti e due una fossetta nel mento.

Molti armeni che ho conosciuto avevano la fossetta nel mento, e tutti avevano occhi dolci. Occhi dolci anche mentre soffrivano.

Il cassone del camion era pieno zeppo di cartoni e scatole di ogni misura e al centro era inchiodato al pianale un piccolo banco da lavoro di legno. C'era imbullonato ogni genere di utensile. Zingirian comprava, vendeva e aggiustava qualunque cosa made in Usa. Faceva tutto quanto istantaneamente. Era talmente istantaneo, che molto di quello che faceva sfuggiva alla mia vista.

In quegli anni, dopo il socialismo, i paesi dove viaggiava l'armeno erano ricchi di ogni genere di prodotti americani bisognosi di riparazioni e molta gente smaniava dalla voglia di comprarne di nuovi. Se non americani, almeno che fossero tedeschi, inglesi o italiani. Zingirian aveva tutto quello che la gente desiderava acquistare. Molti di quegli oggetti non ne ho visti qui nell'Hoggar. Aspirapolvere, per esempio, o frullatori, o ferri per arricciare i capelli. Altre cose ancora che non conoscevo neppure io. Lavorava anche con televisori, radio, dentifrici, occhiali da sole. Credo che molti tagil vorrebbero averne la jeep piena per venderne e arricchirsi.

Si fermava nei paesi e la gente arrivava per fare affari con lui. Aveva un megafono sopra la cabina del camion. Si fermava e cominciava a cantare. Cantava bene, cantava canzoni armene e russe. E la gente arrivava come se conoscesse quelle canzoni e sapesse già da tempo che cosa era venuto a fare Zingirian.

Gli ho visto fare così per il tempo che siamo stati assieme, e mi ha detto che questo è il suo metodo. Ha detto che è molto famoso in tutto il mondo, che la gente si fida di lui perché è onesto e ride sempre, in qualunque momento. Gli ho visto fare anche questo.

A volte si metteva a trafficare in disparte, mentre io me ne stavo seduto nella cabina ad aspettare. Credo che vendesse anche armi, o le comprasse, o tutte e due le cose. Ma non ne sono sicuro. C'erano molti controlli e non ce n'era nessuno. Dipendeva da quello che si diceva con i soldati che ci fermavano ai posti di blocco. C'erano decine di posti di blocco con divise molto differenti tra loro. A volte davano il via libera senza neppure chiedere i documenti, altre volte sparavano in aria, altre volte alle gomme. Poi si mettevano a discutere con lui. Pareva davvero che lo conoscessero tutti. I miei documenti li restituivano a lui; ero trasparente.

Zingirian guidava dieci, dodici ore tutti i giorni, dormivamo nelle cuccette dietro il posto di guida, mangiavamo appoggiati al cofano. E raccontava, raccontava per tutto il tempo. Aveva molta più energia di dimah Tighrizt e riusciva a fumare quanto lui. In fatto di sigarette avevano gli stessi gusti. Vendeva anche quelle.

Quando raccontava guidando non guardava né la strada, né me. Guardava sull'aletta del parasole la fotografia di un viso di donna. Era la sua ragazza, mi ha detto. La guardava perché non voleva lasciarla mai sola.

La fotografia non era molto nitida, ma doveva essere una bella ragazza. Aveva i capelli lunghissimi.

Ascolta, Jibril, siamo seduti qua io e te, e se solo ci fosse un poco più di luna ci sembrerebbe di vedere il mondo intero. Ma non c'è solo l'Assekrem al centro dell'Universo. Ci sono altri luoghi. E ci sono altri uomini, ci sono altri spiriti. Zingirian mi ha parlato di loro.

Ti ricordi la canzone di dimah Tighrizt sull'uomo nudo e scalzo che sta andando ad assistere alla nascita del Profeta? L'hai visto anche tu l'uomo che camminava lungo la pista l'altro giorno. E questa sera l'hai visto laggiù in fondo alla gola, che continuava a camminare? È lo stesso uomo, secondo te? È fatto di carne e ossa, o è uno spirito?

"Che ti importa, alaghj, di cosa è fatto quell'uomo? A cosa ti serve saperlo? Pensi che se scendi giù sulla pista e riesci a toccarlo saprai qualcosa di più di lui?"

Hai ragione, non importa chi è o di cosa è fatto; quello che conta è che l'abbiamo visto. Ci credi se ti dico che Zingirian ha visto una donna, l'ha vista ripetutamente, camminare per migliaia di chilometri sul bordo delle strade? Camminare con solo una sacca di plastica in mano. Per strade dure come le piste dell'Hoggar; forse più dure, Jibril. Strade che attraversano guerre dove ai soldati non importa neppure indossare una divisa. Strade tenute sotto sequestro dai banditi. Strade di rapimenti e di saccheggi.

Quanto vale la vita di un tagil, Jibril? Il suo sangue vale sempre qualcosa per chiunque lo versi. Ci sono strade, nel cuore del mio continente, dove il sangue non costa niente.

Su quelle strade della desolazione Zingirian ha incontrato una donna che andava verso occidente, attraversando frontiere e paesi. Senza una difesa, o una proprietà da barattare con la vita; anche lei nuda e scalza. E viva, Jibril, anche lei viva nonostante la sua vita mi appaia altrettanto irragionevole.

Ci credi se ti dico che l'ho conosciuta, quella donna? Non come l'uomo della pista, ma che gli sono stato vicino abbastanza per toccarla e parlarle? L'ho toccata, e questo non mi ha forse fatto sapere nulla di lei, nulla di più di quello che so di quell'uomo laggiù, ma mi è rimasta nelle mani. L'ho ancora qui con me, sulla punta delle dita.

L'ho incontrata nel cuore della guerra. L'ho incontrata che era un resto umano avanzato dalla guerra civile di Bosnia. Zingirian è sicuro che sia partita dal paese di Kubacia. Io l'ho incontrata nella città di Tuzla, e so che di lì è ripartita.

Non sapevo nemmeno che esistesse un paese che si chiama Kubacia e ti assicuro che nel mio paese non c'è una sola persona che saprebbe dirti dov'è. L'armeno poteva avermi mentito perché non sa distinguere neppure lui ciò che ha visto da quello che ha immaginato, o che gli è stato detto da qualcuno che ha visto o immaginato al posto suo. Ma ho un buon garante. Un principe, Jibril, un principe polacco di molto tempo fa.

Sta' a sentire, e credimi, perché è un fatto molto strano. Un giorno ho comprato un libro in una stazione ferroviaria. Uno di quei libri che si comprano per passare il tempo durante un viaggio. Un libro che aveva nel titolo la parola "Caucaso". Zingirian mi aveva raccontato del Caucaso.

Era un diario di viaggio e l'aveva scritto questo principe, il principe Potocki.

Era pazzo. L'unica cosa saggia che sapeva fare era viaggiare. Era un anarchista e viveva in Polonia ai tempi della Rivoluzione francese. Era entusiasta di quella rivoluzione e voleva che arrivasse e si accendesse ovunque, persino nel suo paese, dove nessuno voleva sentirne parlare.

Neppure i suoi servi e i suoi contadini si fidavano di un padrone rivoluzionario: non era nel modo giusto e ordinato dello svolgersi delle cose. Il modo giusto era che a un certo momento i contadini e i servi si ribellassero e cacciassero il loro padrone. Il modo giusto era una notte incendiargli il palazzo e accoltellarlo nel sonno per vendicare i torti subiti per molte generazioni. Questo lo capivano, mentre non capivano perché il loro principe li esortasse a pretendere libertà, uguaglianza e fraternità.

Così lo cacciarono, non perché avessero deciso di fare la loro rivoluzione, ma perché non ne potevano più dei suoi discorsi. Quando sarebbe venuto il momento avrebbero voluto parlare loro. Così fu mandato in esilio dai suoi stessi sudditi. E si mise a viaggiare. Non smise mai, pur di non tornare in un paese ingrato come il suo. Sempre che lo avessero rivoluto indietro.

Viaggiando scriveva libri. Libri dei suoi viaggi e libri di fantasia, ma ben distinti gli uni dagli altri.

In questo si è rivelato molto saggio. Per il resto era davvero pazzo.

Portava nei suoi viaggi un samovar per fare il tè. Un samovar come quello che c'è nella casa delle solitarie a Tamanrasset. Come le teiere che si usano qui, i samovar continuano a essere fabbricati allo stesso modo da secoli. Non c'è bisogno di cambiare le cose ben fatte. Hai visto che sul coperchio ha un pomello per poterlo tenere quando scotta? Bene, per tutto il tempo che ha viaggiato, per più di vent'anni, ogni sera il principe beveva il suo tè e prima di coricarsi con un sottile smeriglio lucidava quel pomello. Solo il pomello, con grande meticolosità e dedizione. Una cosa senza senso che solo un pazzo può fare.

Con gli anni lo smeriglio ha smangiato l'ottone del pomello. Lentamente, molto lentamente, da non accorgersene nemmeno, se non sei tu a farlo sera dopo sera. Infine è venuta la sera che il pomello è diventato della grandezza giusta che aveva in mente il principe. Smangia e smangia per anni e anni, alla fine era quello che ci voleva.

Allora il principe pazzo ha staccato dal samovar il vecchio pomello d'ottone che era diventato una lucida pallina, lo ha infilato nella canna della sua pistola, ha preparato l'innesco e se lo è sparato nella tempia.

È morto così il principe Potocki, dopo averci pensato vent'anni. Vent'anni in cui ha viaggiato e visto molte cose senza mai smettere di raccontarle, fiducioso che quello che stava facendo sarebbe servito all'umanità intera. Se non ai suoi sudditi ingrati, ai molti uomini liberi che secondo lui al più presto avrebbero popolato la Terra.

Non ha lasciato scritto o detto nulla riguardo al suo gesto finale, e nessuno tra chi l'ha conosciuto lo ricorda come una persona cupa o meditabonda. Quello che ha fatto, lo ha fatto e basta. Forse pensava che il pomello del samovar fosse il suo orologio, un orologio che caricava tutte le sere alla rovescia. Ogni volta che guardo l'orologio che ho al polso, mi dico che sto guardando qualcosa che prima o poi finirà, lui invece si era fatto un'idea precisa di quando sarebbe finito.

Ma ascolta, Jibril. Cacciato dal suo paese, il principe ha fatto per prima cosa un lungo viaggio nelle terre del Caucaso. Pensava di incontrare laggiù gli uomini più antichi del mondo, i popoli che avevano conosciuto Noè, quelli generati nell'Arca.

Era un erudito, uno studioso di vasti orizzonti, pensava di fare scoperte importanti per l'umanità. Il libro che ho comprato alla stazione racconta di quel viaggio.

Il Caucaso è a est, è un paese chiuso fra le montagne. Le montagne sono raccolte assieme e quando le vedi in lontananza sembrano un'immensa e invalicabile fortezza. Una fortezza lontana e selvaggia. Le valli sono strette e inestricabili come i vicoli di una medina. Se lo sorvoli con un aereo potresti pensare che il Caucaso sia un deserto, e potresti immaginare che sia l'Hoggar. Ma non ha lo stesso colore. Le sue montagne più alte sono bianche. Bianche di neve. La neve, Jibril, è acqua gelata che cade dal cielo come fiocchi di lana ancora da cardare. Bianca come quella degli agnelli.

Sulle montagne del Caucaso fa molto freddo e a volte l'acqua rimane neve per sempre. Quando invece si scioglie, il colore delle montagne diventa grigio come la polvere; e azzurrino, come l'orizzonte prima che si levi il sole sull'Assekrem. Ma nelle valli dove fa più caldo il Caucaso è sempre verde. Verde che splende come la tua shesh, e verde più scuro e cupo, e verde chiaro come le camicie dei soldati quando sono appena lavate. Sono gli alberi delle foreste, l'erba dei pascoli, il grano dei campi, i frutteti degli orti.

Non è l'Hoggar. Ma se è vero quello che pensava il principe, se l'arca di Noè alla fine del diluvio si è posata su una delle sue montagne, il Caucaso è il cuore della Terra, al centro dell'Universo. Lo vedresti anche tu se salissi sulla sua montagna più alta e guardassi l'orizzonte con gli occhi del patriarca che ha appena salvato l'umanità.

Jibril ascoltava, e intanto con la polvere e minuscoli sassi componeva ai suoi piedi complesse figure. Disponeva nella notte il suo disegno con gesti molto lenti e meditati, come se stesse sgranando un rosario. E io non capivo se quello che andava costruendo così diligentemente fosse il Caucaso che gli stavo raccontando o l'architettura di una sua preghiera. Per il padre di tutti i popoli Noè, o per me, o per la donna che camminava verso occidente. Ma ogni tanto distoglieva lo sguardo dal suo lavoro per cercare i miei occhi, e annuiva. Lasciava cadere un sassolino a terra, come se sentisse il bisogno di mettere un punto. La pietra toccava il suolo dell'Assekrem senza fare rumore.

Ascolta, non è come l'Hoggar: nelle montagne del Caucaso vivono mille popoli. C'è una storia ancora più vecchia della Bibbia che dice così. Dio ha creato il primo uomo, poi dalla sua progenie ha creato una moltitudine di popoli e li ha disseminati ovunque, spandendoli qua e là con la Sua mano. Alla fine, quando sembrava a Iddio di aver finito il suo lavoro, scoprì che gli avanzava un pugno di genti. Genti di ogni stirpe, rinfuse tra loro. Non sapendo che fare, le gettò dove in quel momento gli cadeva lo sguardo. Stava guardando le valli profonde e le montagne cariche di neve del Caucaso.

Così ora nel Caucaso ci sono molti popoli mischiati fra loro, ognuno con la sua lingua e i suoi costumi, ognuno nella sua valle e nella sua montagna. Ognuno per conto suo, eppure stretto all'altro. Agli occhi del principe erano popoli misteriosi. Lo erano agli occhi di chiunque si avvicinasse a loro. Lo erano stati per i conquistatori calati dal Nord, per quelli arrivati dal Sud. Misteriosi come la gente di Timaussù agli occhi della giornalista venuta da Parigi. Come è accaduto per i tagil, nessuno ha mai conquistato davvero i popoli del Caucaso. Non lo ha fatto il Gran Kahn, Gengis, non lo ha fatto Tamerlano e neppure la terribile Caterina di Russia. L'unica forza che ha conquistato quelle genti è stato l'Islam. Lo hanno accettato perché pareva a loro che fosse una forza dolce, un impero di giustizia.

Ma scrive il principe che il suo sogno era incontrare il popolo più misterioso di tutti. Non sapeva neppure bene come si chiamasse. Sapeva solo quello che avevano raccontato altri viaggiatori nel corso del tempo.

Avevano raccontato storie bizzarre, e questo lo rendeva ancora più curioso. Si diceva che fosse un popolo minuscolo, un popolo che viveva in totale isolamento in un'unica città al centro di una valle dove non era possibile arrivare senza essere visti per tempo. Quel popolo non assomigliava a nessun altro nel Caucaso, né per l'aspetto, né per i costumi, né per la lingua. Non per la religione; praticavano una fede ancora più antica dell'Islam. Non per l'attività con cui si sostentavano; non erano pastori e non coltivavano se non per sé. Erano fabbri e cesellatori.

Fondevano ferro e oro, e fabbricavano armi e gioielli. Compravano metallo e vendevano ciò che ne ricavavano a chiunque avesse la pazienza di trattare con loro attraverso complicate mediazioni.

Ma quello che entusiasmava il principe rivoluzionario era che riuscivano a vivere senza essere comandati da un capo. Si governavano da sé, nominando ogni anno per essere guidati i migliori tra loro. Uomini o donne che fossero.

Questa storia se l'era fatta raccontare da due monaci che avevano viaggiato nel Caucaso molti anni prima di lui e che dicevano di essersi spinti sino a quel paese che chiamavano Kubacia.

I monaci glielo avevano riferito come se fosse la cosa più singolare fra tutte le stranezze di quella gente: nessun popolo, che si sapesse, poteva fare a meno, nel Caucaso o altrove, di un re. Il principe invece pensava che quel popolo praticava da tempo immemore gli ideali della Rivoluzione francese. Gli ideali di libertà, uguaglianza e fraternità che aveva inutilmente tentato di instillare nei suoi sudditi. Fantasticava, avvicinandosi ogni giorno di più alla valle dove forse li avrebbe incontrati, di imbattersi nella più antica democrazia del mondo, e dimostrare così ai suoi diffidenti contadini che non c'era nulla di perverso nelle sue idee. Che le sue idee venivano da molto più lontano di Parigi, tanto lontano quanto l'arca di Noè. Sarebbe stata una bella rivincita, e una straordinaria scoperta.

Ti racconto tutte queste cose, Jibril, da fratello a fratello. Anche se non ho visto nulla di tutto questo, è come se avessi toccato ogni cosa. Hai nel portadocumenti sotto la jalabjia la fotografia della tua famiglia? Ecco, è come se ti facessi vedere la fotografia della mia famiglia. Mi manca. Ho nostalgia del Caucaso, anche se non ci sono mai stato. Ho nostalgia del principe pazzo.

"No, alaghj, non ce l'ho una fotografia. Io, alaghj, non dimentico, e quando ho nostalgia ritorno."

Io non potrò, Jibril. E ora sta' a sentire.

Scrive il principe nel suo diario di non aver mai raggiunto la valle. La valle di Kubacia.

Scrive però che una mattina ha avuto l'onore di incontrare uno dei suoi uomini. Scrive che ciò è potuto accadere per intercessione di una principessa cecena che aveva conosciuto sostando nel suo paese. Riferisce, senza pudore, di essersi intrattenuto nella sua tenda con lei in segrete conversazioni notturne. Le conversazioni erano molto dotte, perché la principessa aveva avuto per precettore un grande saggio di idee cosmopolite. Ma erano anche molto pericolose, perché i ceceni sono un popolo fiero e riottoso, e non gradiscono affatto che le loro principesse si intrattengano la notte con degli stranieri.

Si è trattato di uno scambio; i ceceni, dice il principe, mercanteggiano ogni cosa. La principessa ha voluto sapere tutte le novità del mondo di là dalle montagne e in cambio ha promesso un incontro con un kubacio che sapeva in viaggio nelle sue terre. Per testimoniare la sua buona fede, la principessa si è tolta dai capelli un pettine d'oro e l'ha mostrato al principe dicendo che era un gioiello comprato l'anno prima dallo stesso uomo. I denti del pettine erano tenuti da due cavalli che si fronteggiavano testa a testa. Al principe era parso molto bello, e le figure molto antiche.

Potocki è rimasto piuttosto deluso da quell'incontro. Conoscere almeno quell'uomo, se non la sua gente, era la ragione per cui si era messo in viaggio, un viaggio lungo anni per terre sconosciute e pericolose.

Posso capire come fosse emozionato la mattina che, nella sua grande tenda, entra silenzioso un uomo. È alto, ha lunghi capelli castano chiari, occhi grigi, viso lungo e glabro, del tutto diverso dagli altri popoli attorno. Popoli che hanno i tratti dei turcomanni e dei mongoli. È vestito, come i pastori, di pelli di montone, ma ha le mani delicate e bianche. Si ferma sulla soglia e lo guarda socchiudendo gli occhi come se fosse talmente distante da dover aguzzare la vista. Nonostante quell'uomo sia vestito in modo così dimesso, incute nel principe un senso di profondo rispetto. Per il suo sguardo, soprattutto, che descrive fiero e pacato.

Solo che poi non succede nulla.

Il principe conosce molte lingue. Sa parlare e scrivere nelle grandi lingue europee e nei suoi viaggi ha imparato quelle dei popoli che ha incontrato. Ha compilato piccoli dizionari di quelle lingue, e i suoi dizionari sono rimasti per molto tempo gli unici a disposizione dei viaggiatori che lo hanno seguito. Prova a parlare all'uomo in russo, in uzbeko, in ceceno, in azero, in francese, in darghino. L'uomo risponde in una lingua che al principe suona come il miagolio di un gatto mischiato al cinguettio di un uccello. È così che dice.

Non ha un interprete, non sa dove procurarselo. È come se io mi fossi trovato qui, sull'Assekrem, da solo con dimah Tighrizt. Non hanno nessuna possibilità di capirsi. Il principe cerca di spiegare aiutandosi con i gesti quello che vorrebbe sapere dall'uomo di Kubacia. L'uomo di Kubacia osserva quegli espressivi gesti polacchi e risponde con pacati gesti kubaci.

E poi l'uomo se ne va. Il principe dice che prima di andarsene gli sorride. Sorride, ma non si avvicina quando gli tende la mano con il dono che ha preparato per lui. Voleva regalargli la *Déclaration des droits de l'homme*. Voleva leggergli quelle parole che teneva con sé come sacre. Voleva discuterle con lui, sapere se i suoi antichi costumi erano in accordo con l'assoluta novità della Rivoluzione francese.

Era pieno di domande, il principe, ma sapeva anche darsi molte risposte da solo. Era un illuminista, un ottimista. E la delusione dopo qualche giorno diventa soddisfazione. Andava via dal Caucaso con una certezza: i kubaci esistevano. È una verità, che nel suo diario scrive tutta in lettere maiuscole.

Ascolta, Jibril, Zingirian mi ha raccontato queste cose. Lui c'è stato nella loro valle. Ha venduto e ha comprato.

Dice che è una piccola deviazione dalla sua solita strada. Armenia, Georgia, Azerbaigian, Dagestan, Cecenia, Inguscezia, Calmucchia, Astrakan, fino ai paesi del Volga e del Don. Di là gira poi il volante a sinistra, verso occidente, e attraversa Ucraina, Moldavia, Slovacchia, Romania. Una piccola deviazione sulla strada che da Machakhalla porta a Stravopol, ma una deviazione complicata.

Lì, nel Caucaso, è ancora difficile viaggiare. È più difficile ora che ai tempi del principe Potocki. Ci sono diverse guerre che si stanno combattendo attorno alla montagna di

Noè. Quella che era una grande confusione di popoli ora è diventata una confusione di confini. I russi vogliono il Caucaso, e pensano che spetti loro di diritto.

Sembra però che nessuno voglia toccare la Kubacia. In quella valle, dice Zingirian, non ci sono né pozzi di petrolio, né tubi per portarlo. In quella valle ci sono solo boschi di noci e giardini di meli che interessano solo a chi li ha piantati. E ci sono i kubaci. Nessuno vuole toccare i kubaci. Come se fossero molto pericolosi. O sacri. O malati. Eppure sono il popolo più insignificante fra tutti; vivono nella loro valle in una città che non ne può contare più di cinquemila. Chiunque avrebbe potuto spazzarli via e prendersi tutto quello che voleva. Avrebbe potuto farlo lo zar, avrebbe potuto Stalin, oggi potrebbe farlo la mafia con una sola spedizione. Si possono uccidere cinquemila uomini in un giorno senza troppa fatica, con pochi mezzi.

Io ho visto che è possibile farlo. Tu sai che si può. Nessuno lo ha fatto con loro.

Vivono agli occhi degli altri come se non esistessero. Eppure ci sono. Tengono ogni tre mesi, al piede della loro valle, un mercato. L'armeno ci va. Dice che è un mercato che esiste da sempre.

Ascolta, genovese.
Zingirian mi chiamava così, "genovese". Io non sono genovese, non gli ho mai detto di esserlo. Sa che sono italiano e preferisce che sia genovese. Dice che un commerciante armeno dei genovesi si può fidare.

Ascolta, genovese, diceva, *al mercato dei kubaci ci vanno tutti; i darghini, i ceceni, gli ingusci, gli azeri, anche i russi. Sono secoli che ci vanno. È un mercato dove si vende un solo genere di merce, ma nel suo genere è la migliore che si possa trovare: spade, gioielli e pugnali, acciaio e oro.*

Mi ha raccontato Zingirian che si possono spendere due

o tremila dollari per una spada con l'elsa intarsiata, o per un braccialetto d'oro battuto. E ce ne sono sempre meno di quanti ne potrebbero vendere, e non ci sono prenotazioni o cose del genere.

Zingirian ha una sciabola. La tiene sul pianale vicino al piantone dello sterzo avvoltolata in una coperta. L'ho vista, l'ho tenuta in mano. È una sciabola corta, molto leggera e molto affilata; ha un'elsa d'oro formata dal corpo di una donna intrecciato a un albero. Si contano le foglie dei rami, si contano i capelli della donna. Dice che ha comprato un anno quella e un altro anno un paio di orecchini per la sua ragazza, e che per farlo è andato in rovina. Gli ho chiesto perché avesse comprato quella sciabola. Una sciabola con l'elsa d'oro su un camion che viaggia per paesi dove puoi avere un lanciagranate per cento dollari, dove puoi comprare una cassa di MK47 in un caffè. Dove, se conosci qualcuno, puoi acquistare un lanciarazzi insieme al camion per trasportarlo.

Per vanità, mi ha risposto. *Come chiunque altro, per vanità*, ha detto.

I kubaci si prendono gioco della vanità degli uomini e delle loro donne. Vendono loro cose per trastullarsi. Ma sono cose che, a differenza di quelle che mi riempiono il camion, non hanno prezzo. Però, siccome tutto ha un prezzo, un prezzo ce l'hanno anche loro, genovese: il prezzo della bellezza. E da quelle parti la bellezza non ha prezzo. C'è rimasta troppo poca bellezza nel Caucaso. I kubaci sono furbi: ci vendono l'unica cosa che non possiamo trovare da nessun'altra parte. Che non puoi chiedere agli americani, o ai giapponesi, o alla mafia di Kiev. Guarda come è lavorata, la mia sciabola. Non potresti fartene fare una così nemmeno a Zurigo. Forse trovi qualcuno che può provare a farne una uguale. Forse. Ma la mia vanità ha speso per avere una cosa che nessun altro ha e che non assomiglia a nessun'altra. È come se fosse sacra, Dio mi perdoni; come se fosse divina.

Questo è quello che sanno fare i kubaci. È per questo che nessuno li ha mai toccati. Sono molto furbi, sanno come sfibrarti.

A cosa mi serve la mia sciabola? Forse per ammazzare qualcuno? No, certo. Sarei già pieno di pallottole prima di tirarla fuori da dov'è. Ma puoi sempre pensare che potresti farlo. Che potresti piantarla nel cuore di un uomo e quell'uomo vedrebbe prima di morire qualcosa di più splendido e sacro del più antico ostensorio della più ricca chiesa di Erevan. Potrebbe confonderti con Dio. E in quel momento anch'io potrei confondermi con Dio. Come ogni grande guerriero del tempo passato, che ha avuto la sua arma kubacia per pavoneggiarsi davanti alla sua gente e davanti al suo nemico. Per pavoneggiarsi davanti alla morte, Dio mi perdoni.

L'armeno è un fervente cristiano, Jibril, e si segnava ogni volta che pronunciava il nome di Dio invano. In un giorno si segnava diverse centinaia di volte, anche nei rari momenti che se ne stava zitto per conto suo; lo nominava invano anche tra sé. Se guidava si segnava staccando la mano sinistra dal volante, e se eravamo nel mezzo di un tornante non aveva importanza.

Ascolta, genovese: vai al loro mercato, è un mercato da ridere. C'è un grosso noce lungo la strada che sale la valle. È lì che lo tengono, sotto il noce. Ci sono noci stupendi in quella valle, grandi come chiese. Solo che nessuno si sognerebbe mai di fare un mercato sotto un noce, e io neppure mi ci appoggerei per prendere l'ombra. Quegli alberi noi li teniamo alla larga anche dalle nostre case, figurati. Sui noci la notte ci vanno a fare baldoria le streghe, di giorno ci dormono i diavoli. Solo a dei pazzi eretici può venire in mente di fare affari sotto un noce. Perché i kubaci sono fratelli dei diavoli e sorelle delle stre-

ghe. Ai tempi dei boiari ai loro noci ce li legavano e ce li bruciavano. Ma i boiari sono finiti e loro sono ancora lì, e stendono delle coperte e sopra ci mettono la loro roba. Alla rinfusa, come se fossero cipolle e patate. Sono in cinque o sei, mai di più. Uomini e donne. Non tengono guardie o scagnozzi lì intorno.

Ti avvicini, li guardi e non capisci se ti prendono in giro. Sono diversi, ma non è questo che importa. È come ti guardano. Ti guardano come se stessero per andarsene. Anzi, come se se ne fossero già andati. Ti guardano e sorridono tranquilli, come se avessero combinato tutti gli affari che volevano. O come se non gliene importasse niente. Hanno tutti gli occhi chiari, e questo ti fa un po' impressione. Le donne portano i capelli sciolti e forse sono belle, ma sono troppo diverse per poterlo dire. Tengono addosso dei vestiti che nessuno vuole più, nemmeno i più disgraziati. Roba del tempo dei soviet. Quella roba grigia e viola che portavamo tutti quanti. Roba schifosa.

A loro non gliene importa niente, nemmeno alle loro donne. Adesso quegli stracci li comprano da me. Devo andare fino a Baku per trovarglieli. Li prendo per due soldi. Da me comprano solo vestiti, detersivi e tabacco. A volte qualche paia di occhiali da sole. Non gliene importa niente di quello che ho nel cassone.

Dove li mettono tutti i soldi che fanno? Cosa ci comprano? È un mistero. Guidano automobili ridicole. Hanno delle Zigulì e dei camioncini Ravat che non fabbricano più da quando è morto Černenko. Eppure, incassano decine di migliaia di dollari a ogni mercato. Secondo me li prendono per il solo gusto di portarglieli via. Per poter dire: adesso non ce li hai più. Li seppelliranno da qualche parte.

Mio padre mi diceva che hanno delle gallerie. Le hanno scavate nei secoli per farci le loro officine e per tenerci i loro tesori. Diceva anche che hanno un sistema per cui un giorno, se dovessero trovarsi alle strette, tireranno un cavo e sprofonderà *tutta la valle. Con loro dentro, perché non gliene importa niente neanche di se stessi.*

Ma queste sono favole, genovese. Io non ci credo.

Mentre Zingirian ti parla, Jibril, se non sta guardando la fotografia della sua ragazza appiccicata al parasole, ti guarda fisso con i suoi occhi dolci, e pensi che sia un bambino che ha appena visto una meraviglia.

Ascolta, genovese. Vai al mercato, tu guardi le loro cose e non puoi fare a meno di fare gli occhi così. Anche se vorresti trattenerti, per tentare di aprire una trattativa. E sai già che non ci sarà trattativa, ma fai finta di non saperlo per non umiliarti ancora prima del necessario. Indichi un oggetto e loro ti rispondono con un nome e una cifra. Tutto qui. Il nome è nella loro lingua, la cifra te la dicono in russo. O, se non capisci, in una qualunque delle lingue del Caucaso. Ma capisci benissimo anche il russo quando si tratta di soldi.

La loro lingua io non la conosco e non credo che la conosca nessuno, eppure il nome che ti dicono sai che è il nome di chi ha costruito l'oggetto. Non dicono: "collana, cinquecento", ma "Kasimir, cinquecento". A loro importa chi ha fatto la cosa, più della cosa. Ma anche per noi, a conti fatti, per tutti quelli che vanno a comprare. Perché, se hai occhio, dopo un po' che vai al mercato riconosci il coltello di Kasimir da quelli di Bogj e di Sibrin.

Ogni loro cosa ha il suo carattere, che gli viene dal carattere di chi l'ha fatta. Dopotutto è normale che sia così. E se hai soldi, allora vai al mercato per il bracciale di Kalomela e solo per quello.

Solo che non è Kalomela quella che hai davanti. O forse sì, o forse no. Se è una donna forse sì, se è un uomo di certo non è lui. Se chiedi, ti rispondono che non è quello che conta. Ciò che conta è cosa hai sotto gli occhi. E impari presto che non serve fare domande.

Sanno come piegarti. Per cosa, poi? Potrebbero intenderse-
la con noi alla perfezione, ma non vogliono. Non gli importa
di niente. Sono pazzi, genovese. Sono bogumilli pazzi, Dio mi
perdoni.

Cosa vuol dire "bogumilli", Zingirian?

Niente, vuol dire "bogumilli". Vuol dire pazzi che dovreb-
bero essere tutti spariti da un pezzo. Come i pesci che trovi
dentro le rocce delle montagne. Fossili, si chiamano. Cosa ci
fanno dei pesci nella montagna? Niente. Non dovrebbero es-
serci e invece ci sono. Sono lì perché la Terra si è rovesciata.
Ogni tanto la Terra si rovescia, ecco perché se devii dalla stra-
da che da Machakhalla porta a Stravopol ci trovi ancora loro.

Io adesso lo so, Jibril, chi erano i bogumilli, ma allora non
lo sapevo. Zingirian mi raccontava tutto questo per parlarmi
della donna che camminava lungo le strade dell'Est con la
sua sporta di plastica in mano. E nient'altro.

5.

LA PERFETTA

Ascolta, genovese, io l'ho vista almeno un paio di volte quella donna sotto il noce del mercato. Ci puoi giurare.

Non era molto diversa dalle altre. Quasi per niente.

Se le altre erano belle, lei era un po' più bella delle altre. Ma non potevi dire che era bella come piacerebbe a te. Mi capisci? L'ho notata. Aveva delle sopracciglia come due archi perfetti, e così folte che ti prudevano le dita dalla voglia di toccarle per capire se erano vere. L'ho notata per la pelle. La sua pelle era ancora più chiara della pelle chiara dei kubaci. L'ho notata perché era ancora più chiusa di loro.

Le cose che ho comprato non le ho comprate da lei. Non mi piaceva starle troppo vicino.

Mi diceva mio padre che loro ogni certo tempo scelgono un uomo e una donna e li eleggono a loro governanti e preti. Ogni anno o giù di lì. Dirigono le funzioni della chiesa e tutto il resto nella città. Li chiamano Perfetti. Perché non solo devono essere i migliori, ma anche immacolati come angeli. Non gli danno soldi né altro, nemmeno dei vestiti buoni. Anzi, devono vivere poveri peggio che al tempo dei soviet, e secondo la tradizione non possono mangiare che pane, verdure e un po' di pesce. C'è un tale, qui, che gli vende gli storioni e le trote; non è il mio genere, quello degli alimentari.

Anche se tu andassi al mercato cento volte solo per questo, non potresti riconoscere un Perfetto da qualunque altro kubacio. Solo loro sanno chi sono. Finito il loro periodo non devono nemmeno cambiarsi la camicia, e ritornano quelli che erano. Pensano che questo sia il vero insegnamento di Cristo, che così dovevano vivere i cristiani secondo il suo dettato, Dio mi perdoni.

Così mi diceva mio padre, e io ci credo. Sono pazzi, genovese.

Per me lei era una di questi Perfetti. Aveva qualcosa che le veniva fuori; una certa aria. Era superbia; come fa uno perfetto a non essere superbo neanche un po'? Aveva i capelli del loro colore castano chiaro e li teneva fuori dalla giacca a vento anche d'inverno; erano lunghi fino alla vita. La vedi la mia ragazza? Molto più lunghi dei suoi, e più fini. Che a ben pensarci è superbia anche questa.

Quella era una ragazza da sposare appena vista, non da mandare a fare la Perfetta. Cosa ci fa una ragazza a dare ordini e a dire messa, Dio mi perdoni?

Sta' a sentire, genovese. Poi, verso il Natale dell'anno scorso, in Cecenia, mentre facevo la strada di Krestovij per cercare di filarmela in Georgia prima che mi sparassero al camion, la vedo che camminava tranquilla appena fuori della carreggiata. Teneva la mia stessa mano, l'ho riconosciuta dai capelli. Ci saranno stati dieci gradi sotto zero, ma li portava fuori dall'imbottita. Una di quelle giacche a vento color Černenko che io vendevo a loro.

Ma quando mi sono fermato, penso che l'avrei riconosciuta anche se si fosse rasata i capelli e si fosse messa addosso una pelliccia di zibellino. Per quell'aria, capisci? E per le sopracciglia, e la pelle, e tutto il resto.

Non portava guanti e aveva le mani arrossate, ma senza geloni. In una teneva una sacchetta di plastica. Una di quelle che regalano se compri qualcosa. Non doveva averci quasi niente dentro; qualcosa grande come un paio di mele, o un pezzo di pane. O una bomba a mano, per quello che ne sapevo io.

Ho accostato e le ho chiesto se voleva un passaggio. Con tutte le buone intenzioni, genovese, credimi. Ti giuro che una donna così non la toccherei nemmeno con la punta della sciabola; a starle troppo vicino ti fa rizzare il pelo.

Lei si è fermata: era proprio lei, te lo giuro. Si è fermata e mi ha guardato come se fossimo sotto il noce del suo paese e le avessi chiesto il prezzo di un bracciale.

Le ho parlato in russo, conosco il russo come se fossi nato a Stalingrado. Le ho chiesto se voleva salire. Le ho chiesto se voleva del tè; ho sempre qualche thermos di tè, in inverno. Le ho chiesto se le serviva qualcosa.

Ha risposto niet. Niet e basta. Sono rimasto confuso, Dio mi perdoni.

Tu non sai cos'è la Cecenia, genovese. Tu non hai idea cos'era quell'inverno. I russi ammazzavano casa per casa. Ammazzavano e basta. E i ribelli ricambiavano appena potevano; e per loro se non sei un ceceno non puoi essere che un russo. Avevo paura io, genovese. Io che da quando porto questo camion non ho mai allungato di un chilometro la strada nemmeno a costo di passare su un campo di mine. Io che ho continuato a vendere a tutti e tutti mi conoscono. Sono rimasto confuso, genovese.

A febbraio l'ho ritrovata in Ucraina, sulla strada di Mykolaïv. Gli stessi capelli, la stessa giacca, tutto normale. Era normale che fosse ancora sulla strada dopo dei mesi, era normale che avesse fatto un paio di migliaia di chilometri.

Mi sono fermato e le ho chiesto se voleva salire, se voleva del tè; le stesse cose. Cos'altro può fare un cristiano, Dio mi perdoni? Sai cosa ha risposto? Indovina. Niet. E mi guardava come se fossi io quello che aveva bisogno di qualcosa.

Nemmeno un mese dopo l'ho rivista in Romania, poco pri-

ma di entrare a Craiova. Tra l'Ucraina e la Romania al momento non si sparano, genovese, però una ragazza come lei la vendono come minimo per diecimila dollari. Con quei soldi ti fai una casa. Ma è più facile che ti prendano per primi i cani. Di notte, da quelle parti ti puoi trovare davanti un branco di una dozzina di cani, e tu sei la prima cosa da mangiare che vedono da una settimana.

Sai cosa ti dico, genovese? Quella volta non mi sono fermato. E non mi sono fermato nemmeno a marzo, l'ultimo viaggio, quando l'ho trovata un paio di chilometri fuori da Bagnaluca. C'erano i cetnici per le strade, quelli sono più pazzi dei cani inselvatichiti. Non ero sul camion, stavo bevendo una birra fuori da una baracca sulla strada del lago. Da quelle parti è tutto minato, devi stare attento anche a dove butti la tua bottiglia. L'ho vista bene, lei invece nemmeno si è degnata di darmi un'occhiata. Eppure ormai era come se fossimo conoscenti: di questi tempi nemmeno mia madre ho visto spesso come lei. Aveva uno straccio sui capelli e intorno alla faccia, infilato nel collo di quella sua giacca, una specie di fazzoletto da contadina, di quelli ricamati, che non ne trovi più in giro, nemmeno nei kolchoz. Se lo teneva sul viso con una mano, forse aveva mal di denti. Ma gli occhi no, te lo assicuro, non erano occhi da mal di denti.

No, la ragazza non esiste, mi sono detto, non posso averla vista. Quella donna è un inganno, è un maleficio, Dio mi perdoni. E ho tirato di lungo. Ho guardato dallo specchietto e l'ho vista, te lo giuro, che mi guardava come le altre volte. Mi guardava come se fossi già al confine.

Credici a quello che ti dico, genovese. E credimi se ti dico anche che una volta o l'altra che torno a casa voglio confessarmi. Voglio raccontarlo a un prete. Ti giuro che lo faccio.

Ecco, Jibril, di cosa mi ha raccontato Zingirian. Della Perfetta dei kubaci. Di questa donna che si è messa in marcia sulle strade dell'Est. Non si sa per andare dove, né perché. E quando l'ho vista io era nel posto peggiore fra tutti quelli in cui poteva passare, in una strada che si era rivolta contro se stessa, contro di lei e contro chiunque ci fosse passato.

Tu credi, Jibril, che possa esistere una donna così? E che possano esistere i kubaci e il loro paese? Che esistano i bogumilli, i pazzi che non gliene importa niente di niente?

Ascolta, Jibril. Père Foucauld ha scritto che se un uomo crede in modo sufficientemente fervido, agli occhi di chi lo guarda diventa irreale. E più tenacemente crede, più ciò in cui crede diventa irreale quanto lui. Dice che tutto ciò è bellezza. Dice che questa è l'utile bellezza dell'uomo e del suo credo agli occhi di Dio e dell'Universo.

Non capisco cosa abbia voluto dire con precisione, ma penso che c'entri con la Perfetta dei kubaci e con noi che l'abbiamo vista. Come c'entra con l'uomo che attraversa il deserto.

Io credo in qualche cosa. Da ragazzino credevo in molte più cose ancora e con molta più intensità. E penso, adesso, che fosse un bene.

C'è stato un momento in cui ho creduto persino ai dischi volanti. Ed è stato bello.

Era bello crederci, ed era bello tutto quello che si sviluppava intorno a questa meravigliosa verità dei dischi volanti venuti da un altro pianeta.

È successo che avevo undici anni, quando sono stato corrotto da un agitatore comunista, il bibliotecario della Biblioteca Dopolavoro Ferrovieri. Questo perché per il mio compleanno mio padre Dinetto mi aveva regalato la tessera di quella biblioteca. Dinetto non era ferroviere, ma aveva delle conoscenze.

Aveva anche le sue idee in fatto di regali di compleanno.

Me lo ricordo bene, quello; mi ha messo la tessera dentro una busta sotto la tazza del caffellatte. Un angolo sporgeva fuori dal bordo; aveva un modo di sporgersi, quella busta, molto promettente. Pensavo che ci fossero dei soldi, a Natale c'erano soldi dentro la busta sotto il piatto. Dinetto mi ha detto "avanti, aprila" e io ho trovato la tessera. Non ho detto niente, l'ho portata di là, l'ho infilata nella scatola della mia roba, e sono tornato a fare colazione. Non sapevo ancora se era un bel regalo, avrei dovuto prima vedere che cosa c'era in quella biblioteca.

Era una biblioteca per operai. C'erano molti libri abbastanza facili da leggere su ogni branca del sapere umano. A quel tempo l'idea era che, mettendo le cose nella giusta maniera, tutti avrebbero potuto capire tutto. In questo modo l'umanità sarebbe riuscita a salvarsi e a progredire oltre l'immaginabile.

Anche se non era un ferroviere, Dinetto pensava così, pensava che i proletari dovessero istruirsi e i loro figli ancora di più. Dinetto era un proletario, e io il suo figliolo.

Mi piaceva essere figlio di un proletario, mi piaceva la parola. Me l'aveva spiegata: "proletario" vuol dire che un uomo possiede solo la sua prole. Io ero la prole di mio padre ed ero contento anche di essere la sua unica proprietà.

I dischi volanti. La biblioteca.

Per tutto il tempo che ho avuto la tessera, ho chiesto in prestito un libro ogni settimana. Mi piaceva molto leggere. Mi piaceva soprattutto la mattina presto, prima di alzarmi, nella tana che facevo al mio libro sotto le coperte. E la sera tardi, finché Dinetto teneva la luce accesa nella sua stanza, nella stessa tana, che era solo più fredda di com'era al mattino. Mi bastava poca luce, era straordinario come riuscissi a leggere anche nel buio.

Il bibliotecario che mi dava i libri era un ferroviere in

pensione di nome Juri. Era comunista. Era talmente risaputo che fosse un agitatore comunista, che lo sapevo anch'io: il signor Juri Comunista. Era in effetti un gran signore. Fumava sigarette Chesterfield, e niente come l'odore di quelle sigarette poteva darti l'idea di cosa è un signore.

Agitava il popolo in modo raffinato. Lo agitava soprattutto nella barbieria del Dopolavoro Ferrovieri; la barbieria era la porta accanto alla biblioteca. La biblioteca era sempre chiusa a chiave perché il bibliotecario era nella barbieria ad agitare i ferrovieri che si facevano tagliare i capelli fra un turno e l'altro. Il signor Juri stava in piedi, appoggiato allo stipite della porta con il suo giornale da comunista aperto in mano; chiunque entrasse, doveva per forza far frusciare le pagine del giornale. Allora lui attaccava bottone prendendo spunto da qualche parola che veniva alla luce nello scompiglio delle pagine.

Il signor Juri aveva sempre barba e capelli perfetti e quando si chinava per aprire la porta della biblioteca sapeva di brillantina e talco.

I libri della biblioteca li sceglieva lui. E li aveva letti tutti, cosa che mi ha detto la prima volta che sono andato a chiamarlo in barbieria per prendere il mio primo libro. Ne aveva letti una montagna, mi pareva. Con quella sua aria distinta, i capelli tirati all'indietro lucidi lucidi, la Chesterfield tra le dita e tutta la sua istruzione, doveva saperla lunga. Forse aveva un suo subdolo piano per trascinarmi nel vortice insurrezionale.

Se solo mi avesse dato da fumare una delle sue Chesterfield, sarei diventato comunista lì su due piedi.

Ma i primi libri che mi ha fatto vedere erano storie di viaggi nel mistero dei mari tropicali. E poi viaggi nell'Artide e nell'Antartide, ancora più misteriose. E poi viaggi negli abissi marini con il famoso batiscafo del dottor Picard. E poi libri sull'esplorazione dell'Universo, compreso uno sul primo uomo che ha viaggiato nello spazio. Che aveva il suo stesso nome.

Mi piacevano quei libri, era bello venire a sapere di tutte quelle cose. Ed era bello trovare scritte delle cose così fantastiche. Cose che se non le leggi non ci crederesti mai. Senza contare le fotografie.

Come quelle dei dischi volanti e persino degli esseri alieni che ne erano usciti fuori, nel libro *Non siamo soli*. Che libro. E visto che il tema era di grande attualità e incontrava il nostro vivo interesse, il signor Juri ne aveva ordinati anche degli altri.

Io e lui eravamo ufologi. Io ero un innocente ufologo in erba, lui un incallito ufologo comunista.

I dischi volanti erano perfetti per me. Avevo la mente abbastanza libera per poterli accogliere. Erano persino alla portata della mia vista difettosa. Non sono veloci. Non quando sono qui da noi. Quando arrivano restano sospesi a lungo sopra i loro obiettivi per prendersi tutto il tempo necessario a osservare come vanno le cose sul pianeta Terra. Sono molto cauti: se hanno bisogno di avvicinarsi oltre la distanza di sicurezza, lo fanno di notte. La notte è il momento d'oro per chi vuole osservare i dischi volanti senza correre pericoli. Se gli Ufo si avvicinano durante le ore diurne, lo fanno esclusivamente per accostare qualche umano; e di solito poi lo rapiscono. Di giorno è meglio non essere lì a guardare.

Di notte invece si può fare; si può passare tranquillamente tutta la notte e aspettare di vederne passare uno. Bisogna saperli riconoscere, ma è facile. I dischi volanti la notte accendono sempre tre luci. A volte intermittenti, perché si scambiano segnali. A volte arancio, o blu, o cangianti. Ma sono sempre tre luci che si muovono fluttuando nel cielo in mezzo alle stelle.

Io le ho viste. Più di una volta; e siccome vedo molto bene la notte, le ho viste anche quando erano lontanissime, anche quando si potevano confondere nella chioma di Cassiopea.

Il posto più adatto per stare di vedetta è sempre stata la finestra del bagno di salita dell'Incarnazione. La finestra era abbastanza grande per vedere una buona fetta di cielo. Se mi sporgevo un po' potevo vederne quasi metà. Non è necessario vederlo tutto il cielo, tanto prima o poi passeranno da dove sei di guardia. Basta aspettare, basta avere la tenacia di guardare sempre lo stesso quadrante.

Dinetto la notte dormiva; o forse vegliava, ma lasciava che il suo figliolo facesse pure la guardia ai dischi volanti.

Ascolta, Jibril, è tanto che non lo faccio più di guardare il cielo in cerca di dischi volanti. Ma non per questo ho smesso di crederci; ho solo smesso di pensarci. Adesso sono a caccia di rondini, ma se questa notte ne avessimo voglia, io e te potremmo metterci qui con il naso all'insù e forse ne vedremmo uno. Sono più di quanti si creda. Ricordati, Jibril: tre luci che fluttuano assieme nel cielo; a volte intermittenti, a volte no.

Forse, se girassi abbastanza l'Hoggar troverei anch'io il leone che sanguina ancora. Forse, se non avessi preso un aereo e mi fossi messo a camminare per l'Europa, se mi fossi messo in un buon punto di vedetta lungo la strada, avrei incontrato ancora la Perfetta dopo averla vista partire da Tuzla. Ne sono sicuro: tutto questo è scientifico, Jibril.

A Tuzla mi ci ha portato Zingirian, ci sono arrivato sul suo camion.

Eravamo in piena guerra. Nella parte peggiore della guerra, quando sta per finire.

Tuzla era sotto assedio. Come siamo riusciti a passare il confine serbo a Brčko è un mistero che conosce l'armeno; c'erano i carri armati. Siamo passati in Bosnia incolonnati dietro un convoglio militare. Non so quanto abbia pagato

Zingirian, né con cosa; e non so perché per lui valesse la pena di pagare e per i serbi di lasciarlo passare. La guerra apre falle dappertutto. Zingirian ha parlamentato per ore, in disparte, con tre militari. Ogni tanto risaliva nella cabina del camion. Si versava del tè dal thermos, si sciacquava la bocca con un rumore tremendo e sputava fuori dal finestrino; poi tornava a parlamentare, senza rivolgermi la parola. Dal taschino della giacca gli spuntavano i nostri documenti come un fazzoletto di seta.

Non ho mai visto un'altra guerra, non sono un esperto. Ma in quella non c'era nulla di prevedibile, niente che potesse sembrare logico.

Niente di razionale, in quella guerra. Neppure le uniformi dei soldati lo erano; più di una volta, fra Ruma e Šabac, Zingirian aveva venduto indumenti agli uomini armati che scendevano dalle autoblindo per vedere cosa aveva nel cassone. Compravano tute mimetiche e stivali, ma anche dopobarba e sigarette americane. Quella gente non andava verso un'unica direzione, ma si muoveva a piccoli gruppi qua e là, come se non sapesse dove andare. Spesso li ritrovavamo dopo qualche ora che stavano andando in direzione opposta a quella che avevano preso quando li avevamo lasciati. O fermi sul bordo della strada a bere liquore e a sentire musica dalle loro radio.

A Loznica abbiamo sentito i primi spari, ma erano ragazzi che tiravano in aria per festeggiare il compleanno di un commilitone; il festeggiato era seduto per terra e beveva vodka da due bottiglie, un po' da una, un po' dall'altra, svogliatamente. A Zvornik abbiamo visto un elicottero lanciare razzi in mezzo a un campo di girasoli. Le piante ancora acerbe bruciavano silenziose come le stoppie che i contadini incendiano nei giorni umidi d'autunno.

Invece a Lukavac, sul lago, sparavano all'impazzata; Zingirian aveva accostato, aveva spento il motore ed era semplicemente rimasto lì, a fumare. Quando i colpi si sono diradati, ha rimesso in moto ed è ripartito. La strada costeggiava la riva del lago; dal finestrino ho contato otto corpi che galleggiavano nell'acqua. Tutti a faccia in giù, tutti con la loro pozzetta rossa intorno alla testa.

Da quando avevamo valicato la frontiera ci avevano fermato diverse volte, ma quel giorno a Lukavac, per la prima volta, i soldati si erano presi qualcosa dal camion senza pagare; non molto: qualche stecca di sigarette e delle cassette di musica. Volevano dell'altro e avevano confabulato a lungo con l'armeno; avevano urlato e sputato per terra. Lui scuoteva la testa con calma, diceva di no, e alla fine li ha salutati uno per uno come fratelli.

L'armeno andava avanti come se quello fosse un viaggio qualunque: a volte avevo l'impressione che fosse il camion a guidare le truppe, che fosse Zingirian dalla cabina del suo camion russo a dirigere quella guerra. Ma la cosa più strana è che nessuno ci ha mai ordinato di tornare indietro. Eravamo pezzi grossi; Zingirian era un pezzo grosso del commercio mondiale.

E poi siamo entrati in Tuzla. Pioveva.

Pioveva dalla mattina. Era piovuto tutta la notte. Da quasi un giorno andavamo per una strada in mezzo alla selva. La foresta bosniaca. La foresta dei famosi orsi. Salivamo e scendevamo per una strada dove a malapena il nostro camion riusciva a passare; dall'alto dei colli si vedeva che la foresta non finiva mai. Era una foresta di alberi enormi, abeti vecchissimi con il tronco madido di muschio. Faggi dal tronco dritto, alti forse trenta metri.

Sarebbe stato bello attraversarla in una giornata di sole, ma sotto la pioggia era buia e il suo odore di marcio più forte delle sigarette dell'armeno. Ogni tanto, in uno spiazzo disboscato si vedevano dei ruderi; ruderi di case che erano state fatte saltare in aria. Sui passi c'erano casette dai tetti rossi con insegne su cui si leggevano marche di birra e sigarette. Erano occupate dai soldati, erano postazioni militari guardate da cingolati.

A Novlocy, sull'ultimo colle prima di scendere alla valle di Tuzla, su un poggio spianato dalle ruspe c'erano tre grossi cannoni difesi da mucchi di sacchi e da teloni mimetici. Lungo la strada, appoggiati ai loro mezzi, aspettavano centinaia di soldati. Chiacchieravano tra loro. Fumavano, bevevano dalle lattine, mangiavano dolci. C'era un fiume di involucri di dolci, lattine schiacciate, pacchetti di sigarette vuoti lungo quella strada. Qualcuno orinava contro i paracarri.

Quei soldati erano molto giovani. A differenza degli altri che avevamo incontrato, indossavano divise tutte uguali, e anche infradiciate dalla pioggia sembravano nuove di zecca. Avevano grossi fucili di precisione in spalla e pistole mitragliatrici alla cinta.

Zingirian andava a passo d'uomo e conversava con quei ragazzi. Parlava allegramente, forse scambiava saluti. Faceva una strana impressione vedere come sembravano contenti tutti quanti. C'era qualcosa di divertente, lì attorno, che non riuscivo a vedere; forse il divertimento era nascosto nel folto della selva, ma non c'era niente di tranquillizzante in quei risolini. Sembravano quelli di ragazzini angosciati che ritrovano i genitori dopo essersi persi.

Lì a Novlocy siamo stati fermi un bel pezzo, incolonnati dietro due camion della Croce Rossa. Zingirian è sparito; io avevo l'ordine di stare immobile e di non provare a mettere il piede nemmeno sul predellino. Alle portiere dei camion della Croce Rossa c'erano soldati con il mitra puntato. Pioveva, ma ricordo che avevo sete quel giorno, e che non c'erano più bottiglie d'acqua sul camion. Il tè era finito già dalla mattina.

Zingirian alla fine è tornato, ha messo in moto e ci siamo levati di torno. Mentre girava la chiavetta mi ha guardato con quel suo dolce sorriso armeno. *Volevi Tuzla, genovese? Eccoti Tuzla.* Ha acceso la radio e si è messo a canticchiare. Non mi ha sorriso come gli avevo visto sorridere ai soldati.

E così abbiamo passato l'assedio. I camion della Croce Rossa sono entrati in città due giorni dopo.

Ascolta, Jibril, Tuzla era sotto assedio da due anni e quello era il penultimo giorno. Non lo sapevo, non lo sapeva ancora nessuno in città, non lo sapeva nessuno sul monte dei cannoni.

Siamo entrati, e passando Zingirian mi indicava le vecchie miniere di sale. Siamo entrati e i militari che sbirciavano fuori dalle trincee attorno alle fabbriche non ci dicevano niente. Nelle fabbriche tutto era fermo e c'era molto silenzio; neppure gli uomini che ci facevano segno di proseguire facevano rumore. Tuzla era una città molto silenziosa quella sera. Era anche una città molto poco illuminata. Una città con i sacchetti di plastica al posto dei vetri alle finestre e i sacchetti di sabbia al posto dei portoni. Una città senza più alberi nei viali, senza intonaco ai muri.

Tutto quello che sapevo allora di Tuzla l'avevo trovato in un dépliant che mi ero procurato prima di partire. Il dépliant risaliva al tempo di Tito e aveva i colori piuttosto smorti. Si vedevano una moschea, una chiesa, un impianto petrolchimico, un grande albergo e una ragazza che faceva passerella con un lungo vestito orlato di pelliccia. La ragazza era bella ed era bello anche il suo vestito, ma in generale Tuzla sembrava in quel dépliant una città che avesse bisogno di una rinfrescatina.

Quello che adesso so di Tuzla, invece, me lo ha raccontato un generale la stessa notte che siamo entrati.

Era uno dei capi della difesa della città, era grosso, aveva dei baffi grigi che gli arrivavano sul mento ed era pelato. Abbiamo passato una buona parte della notte assieme, io, lui e Zingirian.

Il generale era l'uomo di Zingirian, era il suo contatto; nel camion aveva portato qualcosa per lui. Non so cosa potesse essere, ma il generale pelato è stato molto contento di averlo.

Lo abbiamo incontrato nella città vecchia, in un vicolo di case di legno poco distante da piazza Kapija, la bella piazza Kapija. Ci hanno portato due soldati, anziani soldati con ancora la divisa della vecchia Iugoslavia. Non erano entrate bombe o mitragliate in quel vicolo, e tutto era in ordine e per niente sbiadito. Doveva essere stato un bel posto per una birreria o una trattoria con i tavolini sul selciato, ora era un buon posto per il quartier generale.

Behram, si chiamava il generale, e ha fatto festa a Zingirian, e mi ha stretto la sua grossa mano sulla spalla per darmi il benvenuto.

"Welcome in Tuzla, ginuese." Il genovese ero io.

Nel suo quartier generale abbiamo mangiato un piccolo pane ciascuno, condito con il sale di una ciotola. Ma poi abbiamo mangiato anche carne in scatola e pesche sciroppate, e bevuto acqua e birra mischiate assieme. E quando si è fatto buio sono state accese delle lampade a cherosene.

Ma fuori, nel vicolo e in tutta la città, non ho visto accendersi i lampioni.

Io non ho chiesto niente al generale Behram, ero solo il genovese io, ma lui ha voluto parlarmi. Era contento di farlo, aveva voglia di raccontarmi in inglese qualcosa di Tuzla. Doveva esercitarsi con l'inglese, perché se quella guerra fosse mai finita, ci sarebbe stato bisogno di molte chiacchiere in inglese per trattare la pace. Così mi ha detto.

Listen to me, ginuese, Tuzla è una magnifica città. È la città più bella che abbia mai visto, te lo dice un vecchio solda-

to che ha viaggiato per tutta l'Europa, che è arrivato fino a Mosca. È la città del sale. Per questo ne hai appena mangiato con il nostro pane, ginuese. Molto prima del tempo dei turchi Tuzla dava il sale per il pane di tutti i Balcani. Questa città allora aveva le porte sempre aperte perché tutti venissero in pace per il loro pane. Perché questa città era stata eletta dal Dobri Ljudi a ombelico del mondo. Dobri Ljudi, the Good People, ginuese: è qui che nei tempi antichi prima del Profeta si è fermato il popolo bogumillo per vivere in santità nel suo dio. Questa è la città santa bogumilla, ginuese. E Allah lo sa che nel suo vecchio cuore questo soldato è ancora un bogumillo. Allah lo sa ma non lo manderà all'inferno per questo, sia lodata la sua misericordia.

"Dormi, Jibril?"

"No, alaghj, non dormivo."

"Non ti vedevo più gli occhi."

"Non c'è più luna, alaghj, per poter vedere gli occhi; è quasi mattino ormai, è meglio che ti riposi un po'."

"Mi dispiace di averti tenuto sveglio, Jibril, c'è parecchio da fare oggi."

"Non importa, è sempre bene sapere qualcosa di nuovo."

"Non sono dimah Tighrizt."

"Lascia perdere, alaghj, non tutte le cose hanno bisogno di dimah Tighrizt. Vai alla capanna adesso, e mettiti sotto la tua coperta; non ci troverai più scorpioni per questa notte."

Jibril ha sacrificato la sua notte per starmi a sentire. Come se fossi il suo amante angustiato o il suo figliolo malato.

Io sono sano e non sono angustiato. Sono solo il suo alaghj, il suo fratellino. Sono più vecchio di lui, ma non qui, non sull'Assekrem. Qui è lui che mi accudisce. Nessuno glielo ha chiesto, se lo è imposto da sé; proprio perché è il maggiore, sa da solo cosa deve fare. Per esempio, impedire che le mie parole vaghino nella notte senza che nessuno le ascolti. Senza un testimone non avrebbero avuto una voce, ma solo un'eco. Un'eco dentro il mio cuore, dentro questa notte, dentro questo deserto. Mulinelli d'aria dentro i miei polmoni, spiriti ammucchiati su questo tumulo di pietre. Confusione.

Senza Jibril ci sarebbe solo confusione. Anche se mi piacerebbe poter capire qualcosa di più.

Sto imparando che non serve sempre saper vedere una ragione, che si può essere nudi e scalzi di qualsiasi ragione e non per questo essere meno veri di un fuoco acceso nella notte.

So che le cose accadono perché se ne possa cogliere il senso. Coglierlo come si coglie un sasso nell'infinità di sassi del deserto per la sua irresistibile singolarità. Io questo vorrei: sentire il senso delle cose che ho visto. Allora dire che le ho vissute. E le ho anche toccate. Averle toccate come i bambini che giocano a quel gioco che in salita dell'Incarnazione si chiamava "la muffa": toccare perché si fermino e restino.

"Non tutto ciò che esiste è reale," ha lasciato scritto père Foucauld a proposito del misterioso viaggiatore del deserto. È vero. Credo di poter dire che ho toccato con mano questa verità tenendo fra le mie mani il viso della Perfetta. Però credo anche che esista solo ciò che resta. Fosse anche solo l'odore nelle mie mani, il ricordo del tatto nei miei polpastrelli. E vorrei vivere pieno di tutto ciò che ho toccato. Vivere anche qui, seduto su questo cumulo funerario, avvolto in una coperta militare ruvida e puzzolente.

È freddo, è il momento più freddo della notte, quando si intirizziscono anche gli scorpioni; è l'ora d'inverno dell'Hoggar. Come fa a non morire assiderato, l'uomo che cammina laggiù in pantaloni corti e maglietta? Forse trova il modo di accendersi un fuoco. Forse in tasca ha un accendino e si ferma a raccogliere sterpi sulla strada. Non ho mai visto abbastanza sterpi in un giorno per poter fare un fuoco che duri una notte. Quando li vedono, gli uomini li raccolgono anche se devono allontanarsi dalla pista di un bel po'. Sono molto buoni per accendere il fuoco di carbone.

L'uomo laggiù non ha carbone. Brucerà gli sterpi che ha trovato e potrà avere caldo per un'ora, forse; ma se anche ne avesse per fare un fuoco che duri tutta la notte, dovrebbe stare sveglio per alimentarlo. Ogni notte, tutte le notti.

L'uomo laggiù dovrebbe essere morto da un pezzo. Morto di freddo e morto di sete, e di fame, e di stanchezza, e di insolazione. E invece cammina ogni giorno, tutti i giorni.

Cammina anche la Perfetta, ma non patirà il freddo questa notte. Avrà caldo con la sua giacca a vento. Dovunque sia, in Europa questa è la stagione calda, il tempo delle notti tiepide.

Aveva quella giacca viola anche a Tuzla, ed era la fine di maggio; il sole era caldo come d'estate ed era stata tiepida pure la pioggia. Ma sotto la giacca la Perfetta non aveva niente. Aveva un torso ampio e due piccole mammelle. E un capezzolo solo, il destro. Al posto del sinistro, aveva una ferita nella carne larga tre dita, abbastanza profonda perché la sua giacca viola e i pantaloni di tela militare, e persino le calze, fossero inzuppati di sangue.

No, non è ancora il momento della Perfetta, ma prima che Jibril mi chiami a mangiare la sua baghett calda per paura che gli uomini me la soffino via, voglio finire. Va bene ripararsi dal freddo, ma ormai non va più bene andare a dormire. Farò per una notte quello che fa tutte le notti l'uomo che di giorno cammina laggiù: starò sveglio.

Tuzla è la città del sale, Tuzla è la città che tiene le sue porte aperte, Tuzla è la città bogumilla. Behram è il generale che la difende dall'assedio; la sua fede è l'Islam, il suo cuore è Dobri Ljudi, del Popolo Buono dei Perfetti.

Ora su tutto questo so più cose. So che i bogumilli erano pazzi per davvero. Erano cristiani credenti nella venuta di Cristo e in quella di Sataniele, nella forza della creazione e in quella della distruzione. Credenti che l'uomo fosse stato generato dall'una e dall'altra. So che pensavano che il potere degli uomini fosse dolore e la vita del mondo fosse amore. So che li chiamavano per disprezzo "i Folli di Dio" e loro ne andavano fieri, perché conoscevano cosa aveva scritto l'apostolo Paolo: noi stolti per Cristo, noi deboli, noi disprezzati. Loro pensavano di potersi chiamare "Dobri Ljudi", il Popolo Buono, e "bogumil", cari a Dio. Di loro, chi li aveva incontrati diceva che disprezzavano i ricchi e odiavano gli imperatori, che si facevano beffe degli anziani e insegnavano ai servi a ribellarsi. Pregavano danzando e ballando.

Per queste ragioni venivano sterminati ovunque come bestie nocive. Vivevano nascosti per epoche intere, le loro epoche, spostandosi senza mai fermarsi tra il Caucaso e i Balcani. Vivevano nei boschi, nelle grotte, costruivano paesi che poi abbandonavano inseguiti dai boiari, dagli zar, dai papi. Non hanno mai lasciato niente dietro di sé perché non avevano niente. Le loro chiese erano capanne. In quelle capanne abbandonate e nelle case di gente sospettata di averli protetti sono stati trovati dei libri: possedevano dei libri.

Ne ho visto uno; è conservato nel museo di una antica basilica cattolica romana. È grande pressappoco come un tascabile, è in pergamena di pelle di coniglio ed è scritto a mano con un inchiostro color seppia. È molto vecchio, e la lingua in cui è stato scritto è morta da tempo. Comunque so cos'è: è il loro Vangelo. È chiamato il Vangelo di Giovanni, ma loro lo chiamavano Il Libro Segreto. Erano agitatori, non si stancavano mai di predicare la loro fede, non si fermavano mai. Come gli orsi, erano degli erranti: se volevi ascoltarli o ucciderli, non eri mai certo di dove avresti potuto incontrarli. Alla fine della loro epoca si sono semplicemente dissolti. Svaniti nel cuore dell'Europa.

Nessuno pronuncia più la parola "bogumillo" per secoli e secoli; non a voce abbastanza alta perché venga riconosciuta la parola. Nessun vescovo emana più sentenze sulla loro eresia, nessun principe organizza più battute di caccia. Molti servi si ribellano ai loro padroni, ma nessuno più in nome del Popolo Buono. Altri stolti in Cristo pregheranno cantando e danzando; lo faranno persino denudandosi, come le spie dicono che facessero i bogumilli nei boschi, ma nessuno citando Il Libro Segreto. Pochi si sono occupati della loro esistenza, e meno ancora della loro fine. Uno studioso sostiene che si siano estinti per loro stessa volontà. Erano arrivati alla convinzione che per il bene dell'Universo, per permettere alla forza creatrice di completare la sua opera, era necessario che il genere umano, gravido com'era di forza distruttrice, si estinguesse.

Io questo non lo so. So che sono arrivati in Bosnia e in Bosnia hanno finalmente trovato pace per non poco tempo. Sono rimasti per secoli, finché sono arrivati i turchi. Tuzla era la loro capitale.

Nelle colline attorno alla città scavavano il ferro e scavavano il sale. Il sale per Cristo, il ferro per Sataniele.

Il principe Potocki forse ha incontrato senza saperlo uno di loro. L'armeno Zingirian giura appunto che i kubaci sono bogumilli, e pazzi. Dice che ha commerciato con loro in una valle piuttosto fuori mano nelle montagne del Dagestan, un paese distante più di quattromila chilometri da quello di Bosnia. Ravvivando il suo inglese, il generale musulmano Behram mi ha raccontato con quanta forza e quanto amore si è difesa la sua città di Tuzla, e perché mi fosse chiaro cosa dovessi intendere per forza e per amore, ha ripetuto più volte, scandendo le parole: questa è la città bogumilla, il mio cuore è bogumillo.

Era una buia notte di vigilia; l'indomani sarebbe stato l'ultimo giorno d'assedio. Tuzla era nera sotto la pioggia, di là dal vicolo del quartier generale piazza Kapija era deserta. E intanto la Perfetta, l'eletta dal Popolo Buono, stava cercando di valicare la cerchia della città.

Vagava ancora da queste parti, voleva entrare nella città. Non so come. Posso solo immaginare perché.

Ho immaginato a lungo; ho avuto tutto il tempo per farlo con calma, soppesando e fantasticando. Fantasie di dolore. Forse camminava per la strada che scende dal Monte Ozren; una strada tagliata nella selva che arriva fin quasi in città dalla parte di nord. E qualcuno lì l'ha fermata. L'ha fermata ancora una volta. Questo lo so con la certezza che viene dalle mie mani e dai miei documenti, anche se père Foucauld mi ha insegnato che queste mie certezze non servono a rendere ciò che è successo più vero. So che la Perfetta è stata fermata almeno due volte sulle strade che portano alla città di Tuzla.

Mi chiedo come mai non sia capitato prima. Me lo sono chiesto continuamente per molto tempo, dopo di allora. Di giorno, quando potevo pensare al dolore. Di notte cercavo solo di aggiustare le cose. Perché mai prima, perché proprio lì, a un passo dalla città del sale? La città dove i suoi fratelli bogumilli hanno trovato pace per generazioni e secoli. Forse una guerra è stata intentata solo perché lei non potesse entrare, e un assedio è stato posto alla città per assediare la Perfetta? Non importa. È stata fermata, questo è accaduto.

Deve essere stato uno di quei ragazzi ridanciani del passo di Novlocy. Un ragazzo con la divisa nuova di zecca e il grosso fucile con il cannocchiale notturno in spalla. Uno di quei giocherelloni che masticavano dolci e buttavano le cartacce sul terrapieno dei cannoni. Uno di quei timidoni che pisciavano sui paracarri voltando le spalle ai compagni.

Prima di lui, uno che gli assomigliava, due gocce d'acqua.

Un lontano parente, un compagno di scuola in servizio sulla strada di Ozhak, al passo di Lovhny, o ancora più giù, sul ciglio della carrozzabile di Ranieka, al limite della selva sul crinale del confine. Uno di loro; non c'era nessun altro per quanto è lunga l'Europa che ha potuto fermarla. Che potesse volerlo.

So che è stato un giovane soldato, occhi grigi, mani grandi. Quello che ha incontrato non so quando, quello che è arrivato la mattina di quel giorno di vigilia.

Il ragazzo era di pattuglia, forse ha disertato la sua corvée per farsi un giro. Sì, penso che fosse da solo. A un certo punto ha lasciato la strada e si è infilato in un sentiero nella selva. Pochi passi. Si è fermato a pisciare sopra un cespuglio di tasso. Scruta fra le mani il suo pene mentre è intento a farla diritto davanti a sé, abbastanza lontano per non bagnarsi i pantaloni; non ci saranno ricambi per tutto il mese. L'arma in spalla lo sbilancia in avanti, e anche orinare può diventare un problema.

Il soldato ha compiuto vent'anni da poco; ha fatto il suo compleanno lontano da qui, ma non tanto. Ha mangiato placinta quel giorno, ed è stata l'ultima volta che ha mangiato torta al formaggio. Ci sta pensando perché oltre il basso cespuglio che sta bagnando c'è un grande noce, un noce meravigliosamente carico di frutti, e lui ne ha mangiati talmente tanti per il suo compleanno, che gli si è bloccato l'intestino per una settimana. Il giovane soldato va matto per le noci, ma a quelle secche invernali preferisce le noci fresche e un poco acerbe, quando gli si può ancora levare la pellicina e sono molto più dolci. Si chiude la patta guardando con ammirazione il grande albero: di lì alla fine dell'estate ci saranno abbastanza noci per terra da farsi venire la nausea. Calcola che la sua chioma fa ombra per almeno trenta metri intorno, e sotto quell'ombra il bosco è pulito e raso come un biliardo; non se ne vedono tanti di noci così. E selvatici. E in mezzo a una foresta di querce. Al suo paese penserebbero chissà che cosa di quell'albero.

Il ragazzo ha finito di pisciare in totale solitudine, così come ha cominciato, nonostante sia tassativamente proibito lasciare la squadra. Non c'è nessuna ragione per ritrovarsi isolati, di giorno o di notte, in servizio o in riposo. Se così è successo è perché è sicuro di quel noce; ci giurerebbe, su quell'albero, più volentieri che su sua madre. Sono mesi che pattuglia quella zona e sa che è pulita, anzi, tirata a specchio. Al comando sanno benissimo che da quel vallone non ci passerà mai nessuno, e non c'è neppure motivo per la routine di pattugliamento che gli hanno assegnato. A meno che non sia una questione politica. Ma il soldato, a causa di quel noce, è contento così; durasse almeno una stagione ancora.

Ci ho pensato, e ho deciso che il soldato si chiama Renko e gli occhi grigi gli vengono da sua madre, che avrebbe scelto per lui un altro nome. Bisogna che le telefoni, gli viene in mente tornando verso la strada, bisogna che lo faccia, assolutamente, prima che si incazzi troppo. Allunga il passo e stringe a sé l'arma che ha la tracolla troppo lenta e continua a dargli fastidio.

Ecco, la Perfetta cammina nella ghiaia sul ciglio di quella strada. Forse ha dormito in una delle case abbandonate sulla strada principale; forse non ha dormito per niente. Ma cammina come l'ha vista camminare Zingirian: eretta e noncurante. Se qualcuno dovesse offrirle un passaggio, o del tè, se dovesse chiederle se le serve qualcosa, risponderebbe niet. E guarderebbe quell'uomo come se fosse già al di là del confine. Cammina e vede il noce, il maestoso noce poco discosto dalla strada. Non ha mai più visto un noce così grande e bello da quando ha lasciato la sua valle. La Perfetta ha incontrato la chiesa adatta alla sua preghiera e gli va incontro. Non inciampa nel soldato Renko solo perché prima che questo possa accadere lui la colpisce con il calcio della sua arma, così violentemente da mandarla a terra tre passi distante da lui. Al giovane soldato è mancato il respiro quando la sagoma della Perfetta ha attraversato il suo sguardo. Non fosse stato così sorpreso nel vedersela venire incontro le avrebbe sparato. Avrebbe eseguito le precise istruzioni ricevute durante l'addestramento: in caso di contatti non previsti, sparare senza intimare l'alt. L'istinto ha agito per lui. L'istinto ha più familiarità con le clave che con i grilletti. D'istinto il cuore di Renko si contrae, d'istinto si contrae anche la sua vescica. La vescica espelle una modesta quantità di urina residua e sui pantaloni del soldato si allarga una macchia tonda.

L'arma di Renko è molto pesante, può uccidere un uomo se colpisce nel punto giusto. Il colpo ha raggiunto la Perfetta di striscio, ferendola alla spalla. Le ha lussato la clavicola, ma non l'ha uccisa. Riversa su un fianco, mugola di dolore, una mano stretta a pugno fra i denti. In questo modo riesce a non svenire. Teme che se l'alito del suo spirito lascerà il suo corpo, non tornerà. Il soldato sta rinvenendo dallo spavento. Tira calci arando il prato intorno a sé, bestemmia con una tale forza che comincia a tremare, e non riesce a smettere neppure quando si accorge che ha colpito una donna. Che la donna che ha colpito lo sta guardando. Che lo stanno guardando gli occhi grigi di una donna. Il soldato si gonfia di nuova furia e di nuovo spavento.

La Perfetta guarda il soldato e non vuole chiudere gli occhi. Il soldato guarda la donna e neppure lui vuole chiudere gli occhi. Preferirebbe farlo, ma non se la sente di tradire. Chiudere gli occhi in combattimento forse è anche peggio di tradire. La Perfetta ha familiarità con la morte e con il dolore; non può essere arrivata fin qui senza averli già incontrati e conosciuti. Ma non con la sua morte, a un dolore così grande non si è ancora rassegnata. Per questo tiene gli occhi aperti: per abituarsi all'idea del suo dolore e cercare così di non morire.

Il giovane soldato è sulla linea di combattimento da due mesi ormai e sa come uccidere un uomo atterrato. Se non altro perché l'ha visto fare. Ma Renko non sa come uccidere una donna atterrata: nessuno glielo ha ancora fatto vedere. È molto orgoglioso il giovane Renko, vuole pensare di sapersela cavare da solo in qualunque frangente. Anche in questo. Cristo, ha una donna lì davanti a lui! Ha la faccia sfregiata ma per il resto sembra intatta. È giovane; non dovrebbe nemmeno essere male, per quel poco che può vedere. E poi perché dovrebbe ucciderla?

È una donna. È da quando è sulla linea che non ne hai vista una. Spogliala, coglione, guarda almeno come è fatta sotto quella roba di merda che ha addosso.

Ma c'è quel segno che ha sul muso. Quello sfregio infastidisce Renko perché lo fa esitare. Potrebbe essere una firma, i commilitoni lo hanno già informato di storie così. Qualcuno è già passato su quella donna prima di lui e ha lasciato la sua firma. Quella donna potrebbe essere un avanzo. Non è bene che un bravo soldato approfitti degli avanzi.

La Perfetta vede nella faccia del soldato che qualcosa gli fa schifo, ma non capisce cosa. La spalla le fa troppo male perché possa dedicarsi a pensare con intensità a qualsiasi altra cosa che non sia sentire meno male. Mentre il soldato le mette le mani addosso crede semplicemente di essere lei a fargli schifo, e il suo animo sinceramente se ne dispiace.

Renko, comunque sia, vuole vedere cosa c'è dentro quella robaccia sovietica; sa che questo ha il diritto di farlo.

L'ideale sarebbe tagliare via prima la giacca e poi tutto il resto con il coltello, ma la donna urla di dolore solo a sfiorarla. Deve aver preso una brutta botta. Si fa prima a tirare giù la cerniera. Cercare di fare le cose con un po' di delicatezza. Non è facile, non con la sottoveste. Quella donna ha una sottoveste ricamata infilata in quello schifo di jeans sovietici. Quella donna deve essere pazza, si fa meno casino a tirare via tutto con il coltello. Renko è bravo con il coltello e squarcia la stoffa con un unico, preciso movimento del polso.

La Perfetta ha un ampio torso e due piccole mammelle di un tenero colore latteo appena più chiaro dell'incarnato del suo viso. I capezzoli sono minuscoli, il loro colore è rosso cupo. Quello che vede il giovane Renko non è poi molto. Forse giù è meglio. Chissà chi le ha venduto i pantaloni, e le mutande; roba da far venire la nausea.

La Perfetta guarda il soldato che guarda le sue mutande. Cerca di restare perfettamente immobile. Se riesce a non muoversi il dolore alla spalla è meno forte. Lei non vuole urlare.

Quello che vuole è qualcosa che faccia compagnia al suo spirito. Ne ha bisogno perché il suo spirito resti dentro di lei. Qualcosa che lo tenga legato. Ha già fatto pratica, sa cosa deve fare.

Distoglie gli occhi dall'uomo e li manda in cerca del grande noce. È a pochi passi da lei; la sua chioma è così grande che occupa metà del cielo. La Perfetta sente l'odore aspro e buono dei malli che tra nemmeno un mese cadranno maturi e madidi di essenze. Questo le basta.

Fissa il noce e lentamente si passa la mano destra sugli occhi perché tutto ciò che non è in quel noce scompaia dalla sua vita. Poi si sforza di trovare un po' di voce:

"Ne phrogaj menja".

Dice questo al noce, lo dice al soldato, lo dice alla selva intera e al mondo. Lo dice nella sua lingua, una lingua molto difficile da capire. Una lingua di cui non conosco una sola parola. Mi sono costruito io il significato di queste parole, perché immagino che nella sua lingua sconosciuta la Perfetta abbia voluto dire no. Non semplicemente niet, ma no.

Ne phrogaj menja.

Un no bogumillo, un no di chi disprezza gli imperatori e sobilla i loro servi. Un no che possa assomigliare a quello che ha lasciato scritto père Foucauld: "...quando vedo la morte salire l'orizzonte, io chiedo al mio cuore di ritrarsi dalla sua ombra e prego e prego finché non mi abbandono al suono di ciò che dico: 'Non mi toccare'".

Questo è quanto ha scritto père Foucauld all'amico che gli raccontava della guerra. E père Foucauld intendeva la morte, non semplicemente la sua di morte.

Ne phrogaj menja, ripete la Perfetta.

Al giovane soldato Renko sembra che, vista nel suo insieme, non sia fatta poi male la ragazza. Sì, a levarle di dosso quella merda sovietica va molto meglio. Solo che adesso si è messa a parlare. Cosa cazzo sta dicendo? Che cazzo di lingua parla? E intanto si sta facendo tardi, Cristo. Forse è già troppo tardi.

E lui sta facendo tutto il contrario delle istruzioni. Doveva dare il segnale radio, non l'ha fatto. E la donna parla, come se lei di tempo ne avesse da buttare via in discorsi. C'è stato troppo a pensare, ecco il problema del soldato Renko. Lui non ha ancora imparato, l'hanno addestrato male, troppo superficialmente. E bisogna che torni di corsa adesso, prima di fare una figura di merda.

Renko prende il coltello e con un colpo da bravo cacciatore taglia di netto il capezzolo sinistro della Perfetta. Non aveva ancora finito le scuole elementari, il giovane Renko, quando aveva tagliato la coda al suo primo daino.

Tornerò domani, pensa mentre si mette in marcia per tornare alla sua squadra. Tornerò domani a fare la solita pisciatina e magari a mettere un po' a posto le cose.

Il ragazzo non vuole che gli rovinino il suo noce.

6.

TUZLA

Ho un lembo della sottoveste della Perfetta. No, non l'ho qui con me sull'Assekrem. Ha un numero di codice e un riferimento d'archivio, è nella mia stanza da lavoro. Non ho mai pensato di tenerlo da qualche parte troppo vicino; è dentro una busta di nylon, dentro uno schedario. Da quando è lì non l'ho mai più aperto. Non c'è più niente che io debba prendere, o anche solo guardare, lì.

È un reperto allegato a una pratica chiusa da tempo. È un pezzo di seta non più grande del palmo della mia mano, è macchiato di sangue. Dentro quel pezzo di stoffa c'è scritto quello che volevo sapere. Quello che pensavo di voler cercare. Dentro una guerra con queste mie grosse mani, disarmate. Dentro un camion sovietico. Dentro i segreti affari di un armeno. Dentro i suoi occhi dolci e le sue canzonette, dentro le sue storie. Dentro i misteriosi kubaci e i pazzi bogumilli.

"Allah lo sa che nel suo vecchio cuore questo soldato è ancora un bogumillo." Ora mi piacerebbe poterlo dire anch'io, di me. Non sono niente un paio di mesi, un paio di mesi sono una vita. Ho viaggiato una vita solo per sapere di chi era la briciola di sangue nascosta nel vello di Amapola. Ora lo so. E non è la cosa che più conta.

Non credo fosse sete di conoscenza quella che mi ha spinto a partire senza neppure sapere dove cercare e cosa cercare di preciso. In coscienza non credo di essere uno scienziato così scrupoloso. Mi sono messo per strada per ragioni che ancora non conosco, se non nella loro superficie. E alla fine quello che conta non sono di certo i reperti. Rimane che ho tenuto fra le mie mani il viso della Perfetta. Conta che la Perfetta fosse viva. Non ho mai visto una donna così bella, mai. Non ho mai avuto fra le mie mani una vita così viva. Conta questo, e conta tutto quello che è rimasto con me. Ora sono il genovese, e sono bogumillo e sono kubacio. Così come sono rondine e sono orso. E sono la Perfetta. Lei è con me, come tutto il resto.

Vorrei aver potuto raccontare tutto questo a Dinetto. Perché avrei voluto vederlo guardarmi con i suoi occhi interdetti e avrei voluto sentirgli dire, alla fine: è bello? Sì, ora è bello.

Jibril sta cuocendo le baghett. L'odore del suo pane arriva fin qui. È buono. Le baghett invece non tanto; sono per lo più croste dure. Jibril cuoce la pasta sulle pietre calde della brace notturna. È un modo molto antico di fare il pane; anzi, è il sistema più antico di tutti. Una baghett fatta al modo di Jibril è stata trovata in Mesopotamia in un sito hassuno: era un pane vecchio di settemila anni. La Mesopotamia è molto più vicina ai kubaci che ai tagil, ma il pane è più antico ancora dei continenti. Fare il pane è come nuotare, come allattare, come pregare.

Qualche volta mi sono svegliato in tempo per vedere Jibril impastare il suo pane. Si siede sui talloni davanti a una grande bacinella smaltata; è la bacinella dove a sera mangeremo lo stufato. Versa semola e farina, poca farina bianca su molta semola bigia. Prende la farina da un sacchetto di tela che tiene chiuso a chiave nella sua cassetta; la cassetta di legno di Jibril con i suoi attrezzi speciali, il suo Corano avvolto in una pelle di agnello, i suoi antidoti contro il veleno degli scorpioni, la sua farina.

La farina si mescola alla semola come neve sulle pietre del deserto. E poi l'acqua. Usa le mani, anche per l'acqua. La raccoglie da un'altra bacinella come la raccoglierebbe da una fonte per berla. E impasta. Lentamente, silenziosamente, fra la notte e l'aurora, muovendo le mani, solo le mani, tenendo i polsi ben saldi. Un ritmo costante e piano, come se facesse oscillare una culla. Non si è fatto ancora giorno, ma non accende lampade: gli bastano, per vedere quello che deve fare, i tizzoni dei carboni ancora accesi.

È racchiuso nella penombra, non distinguo bene neppure il suo viso. Un pope che celebra l'eucaristia al riparo dell'iconostasi. È un prete Jibril, quando fa il pane. È un imam che prega parlando a Dio sul palmo delle sue mani. È un santone che fa girare la ruota del Buddha. È uno sciamano che fa tinnire le conchiglie della vita. È una madre. La nostra madre.

So che farà in modo di lasciare per me la baghett più morbida, perché fra tutti gli uomini qui, io sono il figlio minore.

Sento l'odore del pane e so che oggi qui nessuno si farà male. Non mi è mai successo niente di male finché Dinetto si è alzato per tempo a comprare nel forno di sotto a salita dell'Incarnazione le rosette per la mia colazione. Le rosette croccanti, ancora tiepide. Bastava metterci un poco di marmellata e diventavano morbide come una guancia, come un cuscino.

E Dinetto mangiava la sua rosetta issandola su dalla tazza del caffellatte come un relitto prezioso dal mare. Madida e gocciolante. Mangiava in piedi, guardando il suo figliolo. Badando che facesse il suo dovere, che non cadessero briciole a terra, che non andasse perso niente di quelle meravigliose rosette. Posate sul tavolo sopra il loro sacchetto di carta marrone, a faccia in su. Sorridenti.

Dovrò sbrigarmi se non voglio che il gesto di cortesia di Jibril diventi troppo ostentato. Irriterebbe gli uomini, e irriterebbe Jibril dover tenere da parte troppo a lungo la mia baghett. Non ci sono molti privilegi sul colle dell'Assekrem, tanto meno ce ne sono sul pane. Anche quel fannullone di dimah Tighrizt, che gode del suo statuto speciale di poeta, mangia lo stesso pane di tutti quanti. E Dio sa se, goloso e sdentato com'è, gli farebbe piacere la fantastica morbidezza della mia baghett. Avrebbero diritto tutti a mangiarsela, e sono certo che dimah Tighrizt non ha perso l'occasione per cantare qualcosa di straordinario circa quel mio pezzo di pane. Per distogliere l'attenzione dai suoi privilegi, per spargere un po' di zizzania e vedere di essere lasciato un po' in pace con la storia di quella sua moglie. In effetti non credo che sia poi così speciale la mia baghett; più che la sua pasta, è il gesto di Jibril nel lasciarmela che è morbido. Ma ho ancora bisogno di un po' di tempo per finire; voglio che sentiate ancora cosa è successo, quello che tutti hanno visto nell'ultimo giorno dell'assedio alla città di Tuzla.

La notte della vigilia, la notte che al cospetto dello straniero genovese il generale della difesa Behram si è sentito così orgogliosamente un eretico e rivoltoso bogumillo, la notte della buia vigilia, ho dormito con Zingirian nella casa della famiglia Brecko.

Zingirian conosceva i Brecko, aveva portato qualcosa anche per loro.

Zoran Brecko era falegname, figlio di falegname, nipote di falegname. Questo mi ha raccontato nel cuore della notte della vigilia. Notte di veglia a fumare le sigarette americane di Zingirian e a bere tè leggero.

Zoran Brecko era alto e magro come un'asse; le labbra, le orecchie e il naso erano così sottili che sembrava che se li fosse applicati dopo averli piallati e lavorati con i suoi burchielli. Anche gli occhi erano piccoli, ma erano lucidi e tondi come due bottoni di vetro. Si inumidiva le labbra di tè e raccontava calmo e austero del legno di Bosnia e dei mobili dei Brecko. Zingirian traduceva per me. Lo faceva con una considerazione particolare, la voce piatta e ferma di un professionista alle prese con una conferenza internazionale. Forse pensava che alla fine del nostro viaggio il falegname Brecko fosse ciò per cui avevamo viaggiato, e le sue parole quelle che eravamo venuti a sentire.

Ma le sue cure non erano necessarie: avrei comunque capito molto dei falegnami Brecko solo guardando Zoran. Parlando disegnava mobili nell'aria davanti a sé, e sospirava accarezzando il tavolo su cui teneva poggiate le mani. Aveva mani che conoscevo, mani come Dinetto e come suo figlio. Accarezzava il legno del tavolo come si accarezza una creatura. Beveva il suo tè con il gesto compito che è disegnato nelle vecchie réclame sulle scatole di latta; un gesto da saggi intenditori.

Fumava portando alla bocca la mano con la sigaretta racchiusa nel palmo. Raccontava dei molti artisti nati dalla sua famiglia e dei tavoli e degli armadi che nel corso dei secoli avevano dato gioia alle migliori famiglie di Tuzla.

Parlava sottovoce mentre sua moglie sonnecchiava vicino al samovar. Mentre la sua moglie magrolina vuotava l'acqua calda del samovar nella teiera, vuotava la teiera nelle tazze, tornava a riempire il samovar e gli si sedeva accanto. Teneva sulle spalle minute uno scialle di seta che alla luce della lampada vibrava di cento sfumature, aveva un modo di sonnecchiare vigile come quello di un gatto. Dalle sue palpebre socchiuse ascoltava qualcosa dalle labbra di suo marito che Zingirian non riusciva a sentire e non sapeva tradurre. Era qualcosa che vedevo dilatarsi nell'aria tutt'intorno al falegname senza poterlo capire.

Nel tinello dei Brecko c'erano un tavolo con quattro sedie e un canapè ottomano vicino alla stufa di ghisa. Mobilia finemente intarsiata. Dentro la stufa di ghisa, un fuoco appena tiepido scaldava il samovar con il resto degli artistici arredi della casa. Appoggiati al muro a ridosso della stufa, diversi piccoli pezzi di quegli arredi erano pronti per il fuoco dell'indomani.

Che sarebbe stato domenica, e il fuoco avrebbe cotto la zuppa della festa. La zuppa sarebbe stata preparata con le nuove erbe primaverili e la carne pressata delle scorte Onu per i rifugiati di guerra.

Brecko chiamava gli uomini dell'Onu "i puffi", a causa del colore delle loro divise; un colore con cui tinteggiavano tutto ciò che gli apparteneva, comprese le casse di carne pressata. Non mi è sembrato strano che un nobile ebanista padre di famiglia smettesse ogni tanto di lavorare per guardare i cartoni animati.

L'indomani sarebbe stato dunque un fuoco di noce pregiato a cuocere la zuppa; quel legno stagionato per secoli nel cuore di una casa avrebbe dato al cibo un sapore straordinario e unico. Per quella zuppa l'amico armeno e il genovese erano già dalla vigilia invitati.

Nel cuore della notte il falegname Brecko raccontava dell'inverno passato e di quello che lo aveva preceduto. Non parlava della guerra, parlava dell'inverno e del freddo dentro l'inverno. Raccontava di come aveva scaldato la sua famiglia per i due inverni dell'assedio con i mobili di noce massiccio ereditati dal padre. I mobili che il padre aveva ereditato dagli avi.

Il falegname aveva preferito così, piuttosto che contendersi con i vicini gli alberi del viale. Erano fuochi votivi quelli che aveva acceso in quei due anni; fuochi sacri. Aveva un figlio di diciannove anni che avrebbe fatto altri mobili dopo di lui.

Quel figlio così giovane e già falegname si chiamava Miki, e quella notte era fuori casa. Era in una cantina della Tabasnice con certi suoi amici musicisti a provare per il concerto della festa.

Con le sue mani d'oro, che erano le mani del padre e del nonno e del bisnonno, Miki suonava il sassofono. Il falegname raccontava delle mani del figlio disegnando anche quelle nell'aria, guardando le sue mentre componevano quelle del figlio. E raccontava di come dopo le feste di Natale, in quel secondo inverno, avesse, lui, non la moglie, cucinato il cagnolino di casa. Sgozzato e cucinato con quelle sue mani. Dopo che per un mese e più non si erano fatti vedere i puffi con carne pressata o formaggio in scatola, o qualsiasi altra cosa. Forse respinti sui passi, forse persi nella neve, forse a stabilire accordi altrove.

Ma non parlava della guerra; parlava dell'inverno e della fame dentro l'inverno.

Lui, Miki, la moglie, tutti nella casa avevano voluto bene al cagnolino Blik; Blik era mite e giocherellone. Avevano mangiato due giorni con la carne di Blik e un po' di patate gelate che erano rimaste nell'aiuola sotto casa.

Per tutti e due gli ultimi inverni nessuno aveva rubato niente a nessuno. In nessun quartiere di Tuzla qualcuno aveva rubato a qualcun altro. Tranne, certamente, ai puffi.

Nella casa dei Brecko abbiamo dormito, io e Zingirian, stesi su un tappeto. Abbiamo dormito forse due ore, forse tre, dopo che il falegname ha preso la sua piccola moglie per mano e si è ritirato. Subito dopo che il giovane Miki ha fatto ritorno dalle prove con la custodia del sassofono a tracolla e le guance rosse.

Miki era sbronzo e incredibilmente grande e grosso per

essere il figlio di Zoran. Ha salutato Zingirian con il sorriso timido e speranzoso che i nipoti riservano agli zii venuti da un posto lontano e migliore, zii leggendari. Lo ha abbracciato e gli ha stretto la mano, e nella mano dell'armeno c'era qualcosa anche per lui. Nella sua stanza Miki ha canticchiato un bel po' prima di addormentarsi.

Il falegname, sua moglie, il figlio e il suo sassofono, il generale Behram, il vicolo del quartiere generale e la città dei bogumilli. Solo ora tutto questo ha una grande importanza. Ora che vedo che tutto questo è rimasto con me.

Quella notte guardavo e ascoltavo soltanto. Nel mezzo della guerra ero disarmato.

Per una briciola di sangue mi ero spinto fino alla notte di Tuzla. Stavo imparando qualcosa senza accorgermi di farlo. L'indomani di quella notte volevo ancora andare all'università e incontrarmi con il professor Hasan Kikić, collega orsologo. Anche se era domenica. Avrei voluto telefonare appena arrivato, anche se era sabato, se solo avessero funzionato i telefoni. Quella notte volevo ancora fare quello per cui mi ero messo per strada, come se per la strada non avessi incontrato nessuno. O solo delle storie. Dovevo ancora imparare molto.

Qualcosa l'avrei imparato di lì a poco, la mattina dell'ultimo giorno dell'assedio. Quando sono uscito dalla casa dei Brecko.

Era primavera, calda domenica di primavera. C'era molta gente per strada, moltissima, che camminava con il passo dinoccolato della domenica. Volevo vedere l'università prima dell'ora della zuppa. E volevo andare alla festa.

C'era una grande festa in città, la Festa della Gioventù di Tuzla. La città faceva festa ai suoi ragazzi. Dopo due anni di assedio, dopo che Miki si era mangiato il suo cagnolino Blik, Miki aveva ancora abbastanza fiato per suonare il sassofono e Tuzla per fare festa per i suoi ragazzi.

Suonare e ballare e bere birra e baciare le ragazze nel giorno della Festa della Gioventù.

C'era la gioventù di Tuzla per la strada alle dieci di mattina. Nuotava nel sole di primavera, ancora viva dopo l'inverno, affamata di qualcosa di meglio della carne pressata e del formaggio in scatola. Era una gioventù smagliante.

C'erano ancora alberi sui viali, uno sì e uno no, erano viali sdentati; la gioventù attraversava l'ombra di quei viali e li riempiva di luccichii. Andavano tutti verso piazza Kapija tenendo fra le mani caraffe e bicchieri per riempirli della birra che li aspettava già di prima mattina. La birra leggera fatta nelle cantine, al buio; c'erano ancora un po' di luppolo e di lievito dopo due anni di assedio.

Zingirian voleva andare anche lui alla festa, voleva ascoltare il sassofono di Miki, vedere le ragazze ballare, mangiare il pane dei puffi inzuppato nel miele del bosco di Tuzla, voleva sbronzarsi.

Sembrava che Zingirian fosse tornato a casa. Gli angeli delle vecchie chiese di Erevan, gli angeli dipinti con la fossetta nel mento, avevano preso la sua casa e l'avevano posata nel mezzo della foresta di Bosnia, nei viali sdentati di Tuzla. Questo vedevo dentro i suoi occhi dolci mentre mi spingeva verso piazza Kapija. E io volevo andare all'università.

È uguale a tutte le altre, genovese: oggi è solo un'università chiusa.

Viale Maresciallo Tito. Le minigonne fatte in casa, un po' difettose, un po' troppo modeste. Le scarpette leggere con i tacchi straziati negli anfratti del pavé. Le magliette "Bosnia on my mind" lavate già parecchie volte. Il sole spiacciato sui fogli di plastica ai telai delle finestre. Musica funky e radiogiornali dalla penombra dei portoni aperti. Clangori di biciclette infrante sui cumuli di sacchetti di sabbia allineati davanti ai portoni. Un'autoblindo all'imboccatura del vicolo del quartier generale, il mitragliere al suo posto che fuma guardando la mitragliatrice, la mitragliatrice puntata al cielo.

Sbrigati, genovese.

Leggevo i nomi delle strade. Uomini armati all'incrocio della Pozorisna Mihajlovica, ragazzi che vendono poster stropicciati sul marciapiede della chiesa ortodossa. Kazan Maiala, ragazze che vendono libri in mezzo alla strada. Una mi viene incontro tenendo fra le mani degli opuscoli. Sventaglia le puntate di un corso di inglese per principianti, ma ha le mani così minute che gli opuscoli sembrano volumi di enciclopedia. Mi sorride e nel sole le sue labbra splendono di carminio. Vorrei che mi sorridesse ancora un po', così troverei il coraggio di fermarmi. In un attimo le comprerei il suo corso d'inglese e potrei invitarla alla festa nella piazza; a fare baldoria con me e l'armeno e il suo corso d'inglese così pesante nella mia saccoccia.

Cammina, genovese, o ti lascio qui.

E l'armeno mi ha lasciato davvero lì. In un piccolo slargo con una targa sbrecciata dal nome illeggibile, fra vecchie case ottomane dietro alla chiesa cattolica.

O forse sono stato io a perdermi. Non mi ricordo.

Da lì si sentiva la musica che suonava nella piazza. Veniva a ondate. Onde di rock bosniaco. Risacca di amplificatori da due soldi. Forse anche il sax di Miki, alto. Ho cercato il nome dello slargo su una cartina della città: è il Mihajla I Zivka Crnogorcevica, non so cosa significhino tutte queste parole, non ha nessuna importanza. Solo che io ero lì. E non c'era nessun altro. E la festa di piazza Kapija arrivava a ondate.

Poi sono caduto.

Ho perso l'equilibrio perché mi si sono tappate le orecchie all'improvviso.

Mentre cadevo, il pavé della strada ondeggiava sotto i

miei occhi. Vedevo che ogni blocchetto di pietra ondeggiava per conto suo. Ho battuto con la spalla e ho sentito male. Non tanto, appena un po'. Mi facevano più male le orecchie, perché ci si era ficcato dentro un suono basso e duro che voleva sradicarmi i timpani.

Ho provato a tirarmi su, ma qualcuno mi ha urtato. Qualcuno correva attraverso il Mihajla I Zivka Crnogorcevica. Nel silenzio pioveva una polvere fina e grigia. Non c'era più la musica, sentivo solo onde indistinte di rumore; stavo nuotando in apnea annaspando sul selciato, cercavo di spingermi in alto verso la luce e una boccata d'aria. C'era Zingirian che mi ha preso per la camicia e mi ha messo in piedi.

Andiamo, genovese.

Sì.

Non camminava, non correva, arava la strada. Io ero intontito, non sapevo dove volesse andare, beccheggiavo nella sua scia. Ma andavamo verso la piazza: c'erano festoni appesi agli alberi, c'era gente che li strappava correndoci incontro. E dalla piazza, assieme alla gente rotolava giù un muro di suono.

Migliaia di gole che si squarciavano, un'onda di pietra che mi si schiacciava contro il cuore.

E mi incurvavo per sostenere il peso di quelle grida e continuare a camminare; calpestavo schegge di intonaco e plastica e inciampavo in stracci di camicie e di bandiere. E Zingirian si apriva la strada lento e feroce come uno schiacciasassi.

C'era odore di plastica bruciata, di polvere, e un sentore acido di elettricità, come se lì intorno fosse caduto un fulmine. Vedevo facce che urlavano dalle finestre e uomini che si sbracciavano dai tetti. Piazza Kapija è un selciato spianato tra spigoli legnosi di vecchie case ottomane e composti palazzi ungarici. Alla soglia della piazza c'era la farmacia turca con la porta divelta e l'insegna riversa sulla strada, c'erano transenne abbattute e un grande tiglio schiantato alle radici.

Ma della piazza non si vedeva nulla; la polvere cadeva sottile e densa e si mischiava a un fumo grigio come il ferro. Il sole macchiava di giallo tutto quanto. Avevo la lingua gonfia.

C'era intorno a noi una moltitudine di gente che voleva entrare nella piazza. Nessuno è entrato. Per molto tempo, sembravano ore. Finché non sono arrivati i militari e hanno aperto un varco attraverso la fuliggine, le urla e il tanfo. Avevano familiarità con tutto ciò.

I soldati hanno familiarità con tutto quello che concerne il dolore, il terrore e l'allucinazione. Sono passati e hanno lasciato aperto il varco.

Allora siamo entrati in piazza Kapija.

Non c'era posto dove mettere i piedi. Dove mettere gli occhi. Non c'era dove stare. La piazza era piena di morte. Era piena di vita urlante che stava per morire. Piena fino all'inverosimile di quello che era rimasto della gioventù di Tuzla. I soldati cercavano i vivi camminando su quelli che credevano morti. Scartavano gambe e mani e si facevano strada verso i visi. Sapevano cosa fare, per loro lì c'era posto.

Non so cosa ho visto e non so cosa ho sentito, ma so dell'odore di bruciato e di zolfo. Anche se so bene che nella piazza non c'era nessun fuoco.

E so ancora che a un certo punto Zingirian mi ha dato un pugno, un pugno molto forte in faccia. E mi ha urlato nell'orecchio, più forte di tutto il rumore intorno:

Genovese stronzo, sei una specie di dottore, mettiti in ginocchio e datti da fare, Dio ti perdoni!

Nella mia vita io non avevo curato che delle rondini e sparato un'iniezione anestetica a un'orsa. Quel giorno, l'ultimo giorno del grande assedio alla città di Tuzla, non ho curato nessuno. Ma non perché mi fossi tirato indietro. Mi sono dato da fare a spostare corpi e pezzi di corpi per trovare qualcosa che potessi curare. E non ho trovato niente.

La domenica della Festa della Gioventù, la mattina intorno a mezzogiorno di quella domenica, dal Monte Ozren si è messa in viaggio una granata che dopo un paio di minuti è arrivata in piazza Kapija. In quel momento nella piazza c'erano più di mille persone, ragazzi per lo più, che stavano ascoltando il primo complesso musicale in programma. La granata era del tipo K400, caricata con quindici chilogrammi di esplosivo ad alto potenziale. Un'arma rara e preziosa, contingentata molto severamente; un oggetto di culto in un esercito che ha potuto procurarsene solo poche decine. Per questo è stata sparata molto appropriatamente da un cannone a lunga gittata guidato da un sistema telemetrico di estrema precisione. Infallibile. Come era nei calcoli del puntatore, la potente granata è esplosa a pochi metri dal palco dove stava suonando il suo sassofono Miki, giovane falegname figlio del falegname Brecko, assieme ai cinque componenti del complesso The Bosnia Dreamers. Esplodendo a contatto con il duro selciato della piazza, la granata ha aperto un cratere profondo più di cinque metri e largo almeno venti. In quel cratere e attorno a quel cratere sono morte settanta persone e rimaste ferite più di duecento. In gran parte ragazzi che stavano festeggiando, naturalmente. Il più giovane aveva tre anni. Si chiamava Korzo ed era lì con la sorella maggiore; la teneva per mano. Il più vecchio si chiamava Aziz e aveva sessant'anni suonati; era l'operaio del municipio addetto al generatore di corrente che faceva andare i microfoni e le chitarre sul palco.

Il Monte Ozren ancora oggi è lì, a quindicimila metri di distanza da piazza Kapija; non si vede dalla città, né la città si vede da lì; questo non è un problema per l'artiglieria moderna. Dal Monte Ozren siamo passati con il camion di Zingirian per scendere in città la mattina della vigilia. Ho visto il cannone che ha sparato su piazza Kapija, ho visto gli artiglieri bere birra e scherzare fra loro.

Settanta morti sono bastati a mettere fine al grande assedio della città. Settanta ragazzi convitati di una festa in piazza sono sembrati sufficientemente innocenti e indifesi per creare un grave problema di immagine agli assedianti.

C'era un giornalista in piazza Kapija. A un certo punto è apparso. Sembrava che sapesse muoversi bene dove io inciampavo. Apparteneva a una famosa rete televisiva inglese; le sue riprese sono state lanciate nello spazio dall'antenna sul municipio della città e captate dalla stazione inglese che le ha ritrasmesse in tutto il mondo. Erano riprese molto interessanti, chi le ha viste dice che erano immagini di rara tragicità.

Non stento a crederlo. Io non le ho mai volute vedere, anche se esistono numerose registrazioni. Non ho alcuna necessità di vedere quelle immagini: ho toccato con mano. Ma il mondo intero le ha viste, e il mondo si è indignato. Al punto da indurre molti autorevoli governi a drastiche considerazioni circa l'eventualità di chiedere la immediata cessazione dell'assedio alla città di Tuzla.

Mentre in piazza Kapija gli uomini della difesa cittadina stavano ancora cercando fra le macerie i pezzi mancanti dei ragazzi raccolti nella mattinata, gli artiglieri del Monte Ozren avevano già ricevuto l'ordine di cessare il fuoco e di prepararsi a ripiegare oltre il confine. Il loro governo aveva astutamente deciso di procedere più velocemente delle note di protesta.

In serata il grande assedio di Tuzla era virtualmente cessato. Nessuno in città lo sapeva. Né si curava di venirlo a sapere. La sera di domenica la città era occupata in altri pensieri.

Io e Zingirian ci siamo dati da fare. Quando c'è stato bisogno che qualcuno maneggiasse quei ragazzi senza averli già conosciuti troppo da vicino.

Il capo era Zingirian, io l'assistente. C'è una scuola alla fine del viale Maresciallo Tito, l'istituto tecnico per i minatori delle famose miniere di sale della città. È lì che sono stati portati i ragazzi morti in piazza Kapija. I settanta che non era necessario portare all'ospedale. Quelli che non sentivano più dolore. Io ho dato una mano a portare quei settanta.

A caricarli sui pianali dei camion, sui carretti spinti a mano. Ho spinto anch'io, assieme a un uomo in tuta mimetica. Un uomo anziano, con due baffi enormi che gli arrivavano quasi alle orecchie; si fermava ogni tre passi ad asciugarsi le lacrime.

Ho fatto la mia parte.

Sentite, al tempo di salita dell'Incarnazione Dinetto era un donatore di sangue. L'ultima domenica del mese Dinetto entrava in un pulmino e faceva la sua parte. Gli avevo chiesto: cosa succede quando vai lì dentro; lui aveva risposto: vado a fare la mia parte. Dava il sangue per i suoi colleghi operai tappollisti gravemente feriti, per i minatori schiacciati dal carbone, per i muratori precipitati dalle impalcature.

Gli avevano dato uno stemmino da infilare nell'occhiello della giacca, lui lo aveva regalato a me. Io lo tenevo nella mia scatola e quando mi capitava di dargli un'occhiata pensavo a mio padre che faceva la sua parte. E vedevo le mani di Dinetto che versavano un rivolo di sangue di smalto rosso su due mani color cera raccolte a coppa.

Questo era tutto quello che sapevo del sangue degli uomini: che era di smalto.

Dinetto non mi ha mai lasciato entrare nel pulmino con lui. Voleva che andassi a vedere che faceva la sua parte, ma non mi ha mai permesso di entrare a guardare come l'avrebbe fatta. Sono cresciuto confrontando solo il sangue dei miei gomiti con quello delle mie ginocchia. Qualche volta sentivo in bocca il sapore del sangue delle mie gengive. Che non era di smalto, non brillava e non sapeva di metallo.

Quella domenica in piazza Kapija ho camminato sul sangue degli uomini. Ci sono inciampato sopra, mi ci sono sporcato i pantaloni e la camicia. Le mani. Aveva il colore lucente dello smalto soltanto in alcuni punti del selciato, dove il sole batteva in un certo modo. Ma anche lì, ripassando dopo pochi secondi, aveva preso il colore cupo e opaco che aveva ovunque intorno; lo stesso del mio sangue sul fazzoletto legato al ginocchio. Che era lo stesso colore del sangue delle rondini, perché ho curato molte rondini ferite nella mia lunga carriera di irundologo.

E poi ho fatto la mia parte anche io. Sono entrato nel pulmino, ho fatto come Dinetto. Anche se il mio sangue non è buono come il suo, perché dentro il mio c'è troppo poco ferro, lo hanno preso lo stesso.

Il pulmino davanti all'ospedale della città del sale non era bianco come quello dove entrava mio padre, aveva il colore speciale dei mezzi dei puffi. E dopo non mi hanno dato il buono per la bistecca, non mi hanno dato niente.

Il buono, il foglietto di carta celeste per andare a mangiare una bistecca nel refettorio dei donatori di sangue, Dinetto lo lasciava a un signore che aspettava fuori dal pulmino. Aspettava con una giacca addosso e il cappello in testa, estate e inverno, e diceva: grazie. Metteva il foglietto nella tasca del cappotto e spariva.

Mentre guardavo il rivolo del mio sangue che scivolava dentro la sacca di plastica pensavo a come sarebbe stato più bello se quella cosa avesse funzionato come nello stemmino, se il mio sangue fosse sgorgato zampillante dai polsi e avesse avuto il colore dello smalto. Se ci fossero state mani chiuse a coppa per raccoglierlo. Se avessi avuto un sangue più abbondante di ferro, un sangue da tappollista. Se fuori ci fosse stato l'uomo dalla giacca invece di due giovanotti vestiti da puffi. Se ci fosse stato Dinetto, lì intorno, a mettere in pratica una delle sue semplici soluzioni.

E ho fatto ancora più di questo. La notte della fine dell'assedio alla città sono salito sulla Collina degli Eroi.

La collina è un bosco di tuie e betulle, un parco di faggi e ippocastani, un giardino di alberi da frutto, biancospini e rose selvatiche. La Collina degli Eroi è il vecchio cimitero della città.

Di là dalla Slavka Micica, oltre l'ospedale, verso la selva. Tutti i cimiteri che ho visto nel paese di Bosnia assomigliano alla Collina degli Eroi; tutti sono ricolmi di leggiadria e dolcezza, come da altre parti i giardini delle grandi regge o dei chiostri delle abbazie. Raramente in un cimitero bosniaco viene da pensare che ci sia qualcosa di assolutamente irreparabile nella morte, o di corrotto, o di desolato.

Lungo i viali fiancheggiati dai tavolini di pietra dei giocatori di domino, nei prati di erba medica disseminati di lapidi, nelle tombe disperse tra i meli e i susini, nel folto dei boschetti dove i ragazzi vanno a fare l'amore appiattiti contro le statue degli antichi eroi della patria, regna uno spirito di domestica familiarità. Confidenza con quello che resta della vita dopo che ha finito di vivere. Come se chi rimane avesse sopra ogni altra cosa bisogno di dolcezza e di bellezza. Come se fosse di estrema importanza accudirle, quella dolcezza e quella bellezza. Accudirle come un voto, tenerle vive come un pegno.

La città di Tuzla ha bruciato gli alberi dei suoi viali e i mobili delle sue case per farsi un poco di caldo negli inverni dell'assedio, ma non ha toccato le tuie e i cipressi della sua Collina degli Eroi. I ragazzi più coraggiosi della città hanno sfidato i cecchini per andare a mangiare le prugne e le mele della collina, per portarne ai fratelli e ai cugini, ma non ne hanno mai staccato un ramo per fare più in fretta.

Ha scritto père Foucauld: "La mia morte sarà una piccola cosa utile da fare. Toccherò, facendola, la sua bellezza. E sarà la mia ultima gioia".

Ha scritto questo molti anni prima di essere pugnalato

davanti alla sua capanna, e io non posso sapere a quale bellezza sia andato incontro toccando quel pugnale. Quanto sia stato utile morire dissanguato nella solitudine del cuore dell'Universo. Père Foucauld è sepolto sotto questo tumulo di pietre. Tutto quello che adesso stiamo guardando io e lui è il primo chiarore all'orizzonte dell'Hoggar. Credo di sapere quanta bellezza ci sia in questo momento, ma non credo che lui abbia mai potuto provare la gioia della primavera sulla Collina degli Eroi.

Mi ha raccontato Zingirian che in Bosnia, come nel suo paese, quando i morti decidono di apparire ai vivi lo fanno sotto le sembianze di bambini. Bambini che nel cuore della notte si mettono improvvisamente a scorrazzare per la casa. Bambini che appaiono sui rami bassi di un albero e chiamano. Bambini che ti tirano per la giacca nel mezzo di un mercato e ti danno consigli. O ti fanno dispetti.

È vero. La Collina degli Eroi, buona e accogliente com'è, sembra proprio il posto adatto.

Io li ho visti i bambini sulla Collina degli Eroi.
Sono salito sulla collina per dare una mano.
Andiamo, genovese, ti porto a vedere il panorama, Dio mi perdoni.
Zingirian era un capo quel giorno, era un parente stretto, un dirigente municipale. E ha fatto ogni cosa con gli occhi dolci. Non sembrava fuori luogo la dolcezza dei suoi occhi. Né che si rivolgesse a degli sconosciuti per dare ordini, né che lo facesse sorridendo. Qualche giorno prima, sul camion, lungo la strada per Lukavac, nel punto dove avevamo visto i cadaveri galleggiare sul lago, Zingirian mi aveva raccontato con gli stessi occhi dolci che sua nonna era morta più o meno in quel modo durante il grande pogrom del '19: sventrata dai

turchi per vedere se avesse per caso mangiato i suoi gioielli, e poi buttata in un lago. Gli armeni sono fatti così, e sembra che tutti nel mondo lo sappiano e lo apprezzino.

Zingirian ha comandato i sessanta uomini che nella notte sono saliti sulla collina fino alla sua cima. Bisognava costruire in fretta le case per i settanta dell'istituto minerario. Casette semplici, anche solo scavate nella terra.

Bisognava farlo nella notte, perché ancora nessuno sapeva che i cecchini sulle colline stavano facendo fagotto. Bisognava farlo quella notte stessa, perché c'era troppo caldo e in città non c'era abbastanza energia elettrica per refrigerare alcunché, e comunque nelle celle dei macelli municipali non c'era posto per settanta ragazzi.

C'è un prato, sulla cima della collina, che guarda dalla parte della città. Un grande prato di erba medica che declina dolcemente, adatto a fare capriole. Prima dell'assedio era il posto della collina dove andavano a giocare i bambini.

Alle spalle del prato, proprio sul cocuzzolo, c'è una piccola chiesa ortodossa circondata da vecchie tombe di famiglie con cognomi per lo più serbi. Per questo quella parte della collina si chiama il Cimitero dei Serbi. La città ha deciso che la casa dei settanta dovesse essere nel posto più bello della collina, nel prato dei bambini, nel Cimitero dei Serbi.

Abbiamo lavorato dal crepuscolo fino all'alba. In tre per ogni fossa, due uomini per picconare, un uomo per spalare. Senza la luna, ma con l'Orsa minore sopra il campanile e una lampada cieca accostata ai piedi. Settanta casette di due metri per uno, per uno e cinquanta. Cinque casette da fare per trio, un'ora e mezzo per ogni casetta.

E avevo fame e sete, e avevo sonno. E le mie grosse mani non erano adatte a spalare per tutto quel tempo. Ed erano nude, e si sono piagate fino alla carne. Hanno sporcato di sangue il manico della pala. E il mio sangue era il solito sangue di quand'ero bambino.

Ho bevuto sljivoviza tutta la notte. Tutti lo hanno fatto, in silenzio. E il rumore dei picconi saliva fino alle stelle. Zingirian lavorava accanto a me, e quando la sua faccia si avvicinava abbastanza alla lampada, vedevo i suoi occhi che sorridevano dolcemente. Pensava a qualcosa che non potevo immaginare.

Tutti, sul prato dei bambini, quella notte pensavano a qualcosa che non potevo immaginare, ma solo lui sorrideva con gli occhi.

Siamo scesi in città che era mattino fatto, ma non aveva importanza: se c'erano dei cecchini mattinieri, in quella linea di tiro avevano il sole basso che li disturbava.

Quel giorno, il secondo giorno di pace per Tuzla, ormai tutti in città avevano saputo dai comandanti dei puffi che i cannoni erano stati ritirati oltre Lukavac. Ma nessuno se l'è sentita di aprire le porte di Tuzla. Né di cominciare a levare i sacchetti dai portoni.

E neppure di cominciare a pensare che era finita.

Visto che niente era ancora finito per davvero. E c'era ancora da finire il lavoro più duro.

Così la città era ancora con l'anima in stato di assedio, e la gente stava attenta a evitare di camminare nei punti esposti ai tiri dei cecchini, e i soldati della difesa cittadina continuavano a pattugliare la periferia, e le autoblindo sorvegliavano ancora gli incroci. E sopra i furgoni c'erano i soliti vecchi ragazzi annoiati che fumavano appoggiati alle mitragliere puntate al cielo.

Quel secondo giorno tutta la città faceva la spola tra l'ospedale e l'istituto tecnico. E io ho dormito.

Mi sono addormentato su una panca di pietra sul sagrato della chiesa cattolica, nel posto con quel nome impossibile di Mihajla I Zivka Crnogorcevica. Ho dormito al caldo della primavera di Bosnia finché non è andato giù il sole. Qualcuno mi ha dato da mangiare, ma non ricordo nemmeno chi è stato.

Trovati un posto e vai a dormire, genovese, questa notte dobbiamo finire, mi aveva ordinato l'armeno.

E la notte del secondo giorno Tuzla ha finito. Ha portato i suoi settanta ragazzi sulla collina. Nelle loro casette nel prato del Cimitero dei Serbi.

Quella notte c'era tutta la città lungo la strada che portava alla casa dei suoi ragazzi sulla Collina degli Eroi. Io ancora dormivo sulla panca di Mihajla I Zivka Crnogorcevica, che già la gente si era radunata. Mi sono svegliato e c'era una fila di uomini e donne, di vecchi e ragazzi, di militari e civili che si svolgeva per tutta la città.

Non ho visto nessuno che dava ordini, forse la città aveva deciso da sola. Alla scuola dei minatori qualcuno invece dava ordini.

C'era sul portone il generale bogumillo Behram che parlava dentro un walkie-talkie mentre scaricava da un furgone dei puffi bracciate di enormi sacchi di plastica nera. C'erano sul portone soldati e infermieri con il bracciale della difesa cittadina e c'erano donne con la testa coperta da fazzoletti fioriti che parlavano con loro. Sottovoce, talmente sottovoce che forse, invece di parlare, piangevano.

Nessuno poteva entrare nelle aule dei ragazzi, neanche a piangere, neanche per portare una candela profumata da fargli un po' compagnia finché stavano lì. I soldati prendevano le candele dalle mani delle donne, molto delicatamente, facevano cenno di sì e ancora più delicatamente le spingevano verso la strada.

Dentro la scuola gli infermieri facevano in fretta quello che le donne di Tuzla non avrebbero potuto fare che con molta calma. Con tutta la calma e la cura necessarie. Vestivano i settanta ragazzi con i sacchi di plastica nera. Riempivano i sacchi con i ragazzi. Chiudevano i sacchi con del grosso nastro adesivo. Lo facevano in fretta ma diligentemente, come sa fare queste cose il personale specializzato.

Non c'era nessuna ragione perché vedessi questo, né perché fossi autorizzato a vederlo. Seguivo Zingirian ovunque andasse, e lui andava dappertutto e tutti lo lasciavano passare.

A un certo punto aveva anche lui un walkie-talkie e ci parlava dentro. Parlava in armeno, in russo, in bosniaco e intanto mi spingeva.

Forza genovese, andiamo a finire, Dio mi perdoni.

Abbiamo attraversato la città mentre la città continuava ancora a radunarsi e i raduni si dipanavano lentamente in una fila. Silenziosamente. Attraversavamo la città e dietro di noi la fila si allungava come se volesse tenere il nostro passo.

Abbiamo risalito la collina che era ancora chiaro, siamo arrivati al prato dei bambini al tramonto.

Sotto di noi si vedeva Tuzla nella luce radente e la fila che partiva dall'istituto minerario e attraversava la città e pian piano cominciava a salire la collina. Più della fila si vedeva la sua ombra.

In mezzo agli alberi del Cimitero dei Serbi ci stavano aspettando degli uomini che avevano tenuto pronte le pale della notte prima.

Dovevamo finire. Sarebbero arrivati su i ragazzi e noi dovevamo sistemarli nelle fosse. Settanta fosse, sette file di dieci, tutte uguali come fatte a macchina. Ciascuna con il suo cumulo di terra al lato sinistro. Identici i cumuli, identiche le loro ombre. Un lavoro fatto bene, un lavoro eseguito a regola d'arte.

Dinetto lo avrebbe apprezzato. Dinetto non avrebbe trovato da ridire.

7.

LA NOTTE

Ma quella notte non ho fatto il mio lavoro. Non ho fatto la mia parte sino in fondo. Così è. Non ho nessuna giustificazione al riguardo, se non che Zingirian non mi ha rimproverato di niente.

Per tutta la notte sono stato solo a guardare. Mi sono messo in un posto ad aspettare e non mi sono più mosso di lì sino alla fine.

Forse è stato quel po' di luce del tramonto che ancora colava giù tra le foglie degli alberi e mi si spandeva a chiazze tutto intorno: era dolcissima. Era dolcissima la fila di uomini e donne che risaliva la collina fino al prato e si perdeva nel crepuscolo in fondo alla città. Silenziosa. Era dolcissimo quel silenzio.

Sono entrato nel Cimitero dei Serbi, ho aperto il cancelletto di un recinto di assi di legno intagliato. Era tutto intrecciato di biancospino in fiore. Mi sono seduto sul bordo della lastra di pietra di una tomba, aveva l'aspetto di una piccola casa. Una casa piuttosto bizzarra. Assomigliava a una delle gabbiette per canarini che faceva Dinetto. Se Dinetto avesse mai progettato la sua tomba, poteva essere quella.

Avevo sete, avevo fame, avevo sonno e ho pensato che quello era un buon posto per fermarsi un po'.

È stato lì che ho incontrato ancora una volta la famiglia Brecko. La vecchia e onorata famiglia dei falegnami Brecko. La famiglia di Zoran, della sua piccola moglie, del figlio musicista Miki. Miki che aveva suonato fin verso mezzogiorno alla Festa della Gioventù in piazza Kapija. Quelli che erano venuti prima di loro, quelli che avevano lasciato l'arte della loro mirabile mobilia perché la città di Tuzla e i loro stessi discendenti si riparassero dal freddo dell'assedio. Se ne stanno tutti lì, generazione sopra generazione, a godersi dalla sommità della collina il meritato riposo.

C'era dell'avena selvatica che cresceva sui bordi della grande lastra di granito dove le incisioni dei loro nomi e le insegne delle loro religioni si stavano consumando.

Sopra la lastra avevano fatto costruire un tetto di tegole rosse. La forma del tetto doveva forse ricordare quello della capanna di contadini dove era nato l'iniziatore della stirpe. Ma era evidente che i Brecko ne avevano fatta parecchia di strada dai tempi della capanna, perché il tetto era leggiadramente sorretto da colonnine di marmo ritorte. Le colonnine poggiavano a terra su leziosi piedi scalzi di donna.

Da una di quelle gambette pisciava piano una fontanella dalla canna di ottone a forma di serpe. Non c'erano intorno fiori freschi che avessero bisogno di quell'acqua.

Al sicuro nella loro buffa capanna, i vecchi Brecko non si stavano di certo lamentando per i fiori che non hanno più ricevuto. A loro adesso bastava l'avena selvatica per essere soddisfatti di come la vita si ricordava ancora di loro. Avranno ben visto che se qualcuno ultimamente ha sfidato i cecchini per salire i viali della collina, lo ha fatto per importantissime ragioni, come cercare qualcosa da mangiare in mezzo all'erba della loro capanna. Se mai hanno trovato dei fiori, probabilmente si saranno mangiati anche quelli. Dinetto qualche volta friggeva i fiori dell'acacia di salita dell'Incarnazione. Erano buoni, dolci e acidi.

Ho bevuto l'acqua della fontanella, era buona. Ho preso uno stelo di gramigna, me ne sono fatto uno stuzzicadenti.

Ho appoggiato la testa a una colonnina e ho allungato le gambe. Ho disteso le braccia. Ero ancora stanco, ma nella mia stanchezza stavo bene. Un piccolo signore sulla soglia della sua capanna. Con le dita scorrevo le tracce dei nomi incisi nella lastra. Scorrevo i solchi sottili con l'indolenza con cui in questi giorni vedo il dimah Tighrizt scorrere i grani del suo rosario mentre gli altri lavorano e lui sonnecchia. In quel momento, lassù sulla collina, ero vecchio quanto lui.

Non riuscivo a vedere tutti i nomi della lapide, ma quelli più vicini sì. Erano scritti in lettere latine: Marija Durakovic 1873-1959, Samir Brecko "Kiko" 1868-1947. Le due incisioni erano affiancate e un sottile disegno di rami fioriti le teneva legate. Un bravo falegname e la sua diletta sposa. Ho chiuso gli occhi sentendo nei polpastrelli il fresco di piccoli fiori che non sapevo riconoscere. Li ho riaperti perché ho sentito frignare.

Immagino di essermi addormentato per pochi secondi, è una cosa che mi capita. Non è la stanchezza del corpo, quella mi lascia incosciente per dieci ore almeno. È la stanchezza dell'anima. All'anima basta un attimo per andare e tornare.

Ho sentito frignare, ho pensato: è l'acqua della fontanella, e ho aperto gli occhi.

C'erano due bambini. Intorno alla colonna della fontanella, appunto. Si stavano schizzando con l'acqua, quello che fanno i bambini se c'è una fontana nei dintorni. Era quasi buio ormai, ma ho visto bene che erano un maschio e una femmina.

Ho visto delle calzette bianche con il pizzo arricciato sulle caviglie e una treccia lunga con il fiocco. Ho visto un paio di jeans un po' troppo abbondanti sulle gambe di uno spilungone, e una felpa che non sembrava per niente pulita, e nemmeno asciutta. Era la bambina che frignava. Naturalmente era stato lo spilungone a schizzare senza un po' di misura; forse si era arrabbiato per quelle poche gocce sulla felpa. Doveva andare molto fiero della felpa dell'NK Bosnia.

La bambina si è voltata verso di me e mi ha guardato. Lo ha fatto senza esitazione e senza intenzione. Come i bambini guardano gli estranei, quando non sono spaventati da qualcosa. Con la stessa curiosità con cui guardano un albero, o un'automobile. Placidamente. Mi ha guardato e mi sembra che avesse gli occhi celesti, anche se non posso esserne sicuro; c'era troppa poca luce. Ma aveva la treccia nera, così nera che riusciva a brillare ancora. O erano gli schizzi d'acqua che l'avevano fatta piangere a brillare.

Guardandomi mi ha salutato. Come devono fare i bambini quando incontrano qualcuno.

"Zdravo."

Conoscevo quella parola. A Tuzla molte persone mi avevano salutato con "Zdravo".

Ho risposto come mi ricordavo, come mi aveva insegnato a salutare Zingirian.

"Zdravo, Olinadja."

Allora anche lo spilungone si è deciso a darmi un'occhiata. Trafficava con la sua felpa, cercava di ficcarsela nei pantaloni, non gli riusciva bene. Quando mi è sembrato che fosse a posto ho salutato anche lui.

"Zdravo, Olinadja."

"Olinadja," ha ripetuto. Ma si vedeva che era dubbioso.

Forse "Olinadja" non era una parola bosniaca, forse Zingirian l'aveva presa in Russia, o in Bulgaria. Forse veniva addirittura dall'Armenia.

La bambina è venuta a sedersi vicino a me sulla pietra della capanna dei Brecko. E dopo un attimo è arrivato anche lo spilungone. Tutti e due, due bambini su una pietra tombale quando ormai era notte sulla Collina degli Eroi. Seduti accanto a un forestiero che era arrivato lì per cercare un'orsa. E questo non lo sapevano. E questo non poteva dirglielo il forestiero.

Né poteva dire loro alcunché, a meno che non avesse voluto provare con il francese o con l'inglese. Lingue che non sembravano, al forestiero, per nulla appropriate nella circostanza. Una circostanza dove non vedeva nulla di appropriato.

La bambina si è portata il dito indice al petto e ha detto: "Marija".

Il bambino si è portato il dito indice al petto e ha detto: "Kiko".

So che potevano esserci mille motivi perché ci fossero due bambini lì. Proprio in quel giorno per niente adatto, proprio in quell'ora così poco confacente a due bambini soli. Proprio in quel posto.

Quello che sanno fare i bambini è essere sempre fuori posto, se non sapete guardare le cose con i loro occhi. Se non conoscete quello che sanno architettare e non sapete giocare ai giochi che vogliono giocare.

Io so chi ero da bambino. Dinetto ha sempre lasciato che fossi quello che pensavo di essere. E sono sempre stato nel posto dove volevo essere.

Mi ricordo certi parenti che venivano a trovarci di tanto in tanto in salita dell'Incarnazione. Mi guardavano come se non dovessi essere dov'ero. E ho visto come guardavano Dinetto, come gli chiedevano conto, silenziosi, del perché fossi lì, del perché facessi quella cosa. Io allora vedevo Dinetto che si metteva a guardare in su, nel niente. E chiedeva ai parenti se volessero bere qualcosa, magari un caffè.

Quei due ragazzini, ora, potevano essere lì senza che io dovessi capire. E potevano ben chiamarsi Marija e Kiko senza essere altro che Marija e Kiko. In fin dei conti, i bambini si chiamano più o meno tutti con lo stesso nome.

Però quello che ho pensato è: sono Marija Durakovic 1873-1959, Samir Brecko "Kiko" 1868-1947.

Perché no? Non era forse sotto forma di bambini, come Zingirian mi aveva spiegato, che sarebbero riapparsi quelli che se ne erano andati, qualora avessero avuto qualcosa da dire a quelli rimasti, qualcosa di qua da noi da vedere ancora?

Era l'ultima notte dei settanta ragazzi, era l'ultima notte del giovane falegname sassofonista Miki. Era naturale che ci fossero anche loro. Anche il vecchio Kiko, anche la sua diletta sposa Marija.

Stavano seduti al mio fianco, dalla parte dove prima allungavo la mano sopra l'iscrizione annodata nei rami fioriti. Si guardavano di sottecchi, di tanto in tanto, ma per lo più il loro sguardo era rivolto verso il prato dei bambini. Senza intenzione, senza una particolare attenzione.

La fila della città era arrivata fin lì. Era una fila immobile. Priva di qualunque suono. Nell'oscurità.

C'erano delle piccole luci attorno alle fosse, lanterne cieche che non davano una vera e propria luce, ma solo un riverbero. Avrebbero illuminato meglio la notte degli sciami di lucciole. Ma nel paese di Bosnia era ancora troppo presto per le lucciole. La trecciona e lo spilungone guardavano tutto questo come i bambini guardano dentro la notte. Si sfioravano con i gomiti, bisbigliavano tra loro delle parole. Io non le capivo.

Poi sono cominciati ad arrivare i ragazzi. I settanta. Uno alla volta.

Uno per uno sono passati tra le braccia di tutta la città, quanta città ci stava in fila per uno tra la scuola dei minatori e il prato dei bambini.

Passati di mano in mano come secchi d'acqua in un incendio dei tempi antichi. Chiusi nei sacchi neri come bagaglio di un esodo. Pesanti come i grandi tesori dei pirati da mettere in salvo in un'isola deserta.

Il primo ad arrivare è stato il più piccolo. Un sacco quasi vuoto, perché dentro c'era solo Korzo, di anni tre, individuato dalla granata del Monte Ozren mentre si teneva per mano alla sorella maggiore. Era facile capire che era lui perché nessuno della fila sembrava fare la minima fatica nel consegnarlo tra le braccia del successivo.

Il rumore delle pale che raccolgono la terra, la terra che picchietta sulla plastica, le pale che pareggiano la terra. Un foglio di carta con il nome e il cognome di Korzo scritto a pennarello e un sasso sopra per fermarlo.

E ancora intorno non un pianto, una parola, nemmeno un sospiro. Perché Korzo doveva andare tranquillo e, piccolo com'era, potesse arrivare senza prendersi paura.

Solo, fra le tuie nel boschetto del Cimitero dei Serbi ha preso a cantare la civetta. Era la sua ora, quella.

A quell'ora anche la civetta che aveva casa in salita dell'Incarnazione cominciava a berciare. Una civetta diventata vecchia con Dinetto.

Tutu miu titi miu, tutu miu titi miu. Senti? Vuole tutto per lei la civetta, diceva Dinetto. Tutto mio, tutto mio. Tale e quale quella notte sulla collina.

Tutu miu titi miu, tutu miu titi miu.

Allora Marija, la vecchissima bambina, mi ha sfiorato il braccio con la mano, si è messa il dito indice dritto davanti al naso e mi ha detto: ssshh!

E ha preso anche lei a cantare.

Un piccolissimo canto, un bisbiglio. Una cantilena, per la precisione. Come i bambini cantano le canzoni che hanno imparato, quelle che cantano solo per loro. Che cantano perché nessuno li stia a sentire mentre lo fanno.

Conoscevo quella canzone. La so a memoria ancora adesso, visto che l'avrò sentita decine di volte. Decine di volte, scendendo giù dall'Ungheria, attraversando la Serbia e il paese di Bosnia fino alla città di Tuzla. Fino alla nausea, Dio mi perdoni. Era la canzone preferita di Zingirian, l'armeno canterino e nostalgico. L'uomo dagli occhi dolci che quando non parlava cantava. Cantava quella canzone per convocare i clienti al suo Laboratorio istantaneo americano. La gente arrivava perché conosceva lui e conosceva la sua canzone. Era una canzone bellissima in verità. Una canzone russa. Diceva Zingirian che i russi sono infinitamente più cattivi degli armeni, ma anche molto più romantici, e in fatto di canzoni non li batte nessuno. E la cantava anche quando voleva prendere fiato dal suo chiacchierare; la cantava alla sua ragazza, alla fotografia della sua ragazza incollata sul parasole del suo magnifico camion.

Nella mia lingua dice così, e ho imparato anch'io a cantarla:

Sulla strada di Smolensk ci sono foreste foreste foreste
Sulla strada di Smolensk ci sono pali pali pali
Sulla strada di Smolensk neve sul viso sul viso sul viso
Forse se l'anello delle tue braccia fosse stato più solido
La mia strada sarebbe più corta
Sulla strada di Smolensk come i tuoi occhi
Due stelle fredde brillano brillano brillano.

Marija la trecciona cantava la canzone di Zingirian, e nel buio della notte socchiudeva gli occhi e si dondolava sul busto su e giù, pian piano. Dalla fessura delle palpebre si vedeva il bianco delle pupille e il filo della sua voce si faceva sempre più roco e morbido, saliva su direttamente dalla gola. Come la voce di un vecchio viaggiatore; una voce adulta com'era necessaria per una canzone di adulti che provano sentimenti adulti.

Saliva quella canzone e si spandeva tra le colonnine della capanna dei Brecko come il fiato di un animale, come la nebbia tiepida, come una brina di zucchero filato. Sentivo odore di mandorle in quella canzone. La potevo persino toccare mentre galleggiava fra i rami di biancospino intrecciati allo steccato.

Sulla strada di Smolensk ci sono foreste foreste foreste
Sulla strada di Smolensk ci sono pali pali pali
Sulla strada di Smolensk neve sul viso sul viso sul viso
Forse se l'anello delle tue braccia fosse stato più solido
La mia strada sarebbe più corta
Sulla strada di Smolensk come i tuoi occhi
Due stelle fredde brillano brillano brillano.

Kiko lo spilungone guardava la sua sorellina, la sua amichetta, la sua diletta sposa e annuiva per accompagnarla a tempo o per dire che andava bene così.

Tutta la notte, finché si è sentito il rumore delle pale, il rumore della terra, il *toc* del sasso sul foglio di carta. Finché c'è stato silenzio. Per ore, a conti fatti.

E io, per ore, invece di fare la mia parte sino in fondo, me ne sono stato seduto a canticchiare in silenzio dietro la dolce canzone di Smolensk.

L'ultimo ragazzo se ne è andato a dormire quando sulle colline più alte sui crinali a oriente della valle, la parte del Monte Ozren, cominciavano a farsi distinguere i contorni.

Un attimo dopo l'ultimo colpo di pala, proprio una frazione di secondo prima che il sole si alzasse dalla fessura del Passo di Ozren, la civetta è andata a dormire e tutti gli altri uccelli della collina si sono messi a cantare.

Centinaia, migliaia di uccelli. Tutti quelli che durante la notte erano scampati agli artigli della civetta, tutti gli uccelli scampati alla granata della Festa della Gioventù, tutti quelli nati sotto l'assedio, e quelli che avevano fatto il loro nido nel giardino più bello della città già prima di allora ed erano rimasti. Passeri e cinciallegre, scriccioli e beccafichi, tortore e fagiani, cuculi e merli.

Era l'alba di un florido giorno della primavera di Bosnia.

La gente di Tuzla sul prato dei bambini ha spento le sue lucette e si è messa lentamente in cammino verso la città. Alla luce rasata dell'alba, più che la gente si vedeva la sua ombra. Ancora silenziosi, tutti quei padri e quelle madri si auguravano che quel cinguettare, fischiare e taccolare non tenesse svegli i loro figli, almeno il primo giorno.

Poi si abitueranno, poi gli farà anche piacere, pensavano quelli che credevano nell'utilità della bellezza della Collina degli Eroi.

C'era il giornalista dell'importante emittente inglese quella notte sulla collina. Il reporter che era stato in piazza Kapija, quello delle immagini della strage della Festa della Gioventù. L'uomo che di fatto aveva messo fine all'assedio. Ha ripreso tutta la notte e ho visto il suo filmato. Non si vede nulla, o quasi. Non gli è stato concesso di accendere luci e per lo più si vede solo la notte con dentro delle ombre più scure. Si vedono a tratti le lanterne cieche a terra, in mezzo alle fosse del prato dei bambini, e gambe in calzoni mimetici e scarponi militari.

Ma si sentono le pale lavorare. Si sente lo scartocciare dei sacchi di plastica, si sente la civetta. Non si sente Marija che canta la canzone del viaggiatore di Smolensk, si sente solo il clamore degli uccelli e si vede l'alba sul prato. Il canto distinto e chiaro degli uccelli come in un documentario sulla natura, il prato e i suoi settanta tumuli di terra fresca. Un gran bel lavoro.

Una copia di quel filmato è ancora custodita nel municipio della città di Tuzla, e per quanto ne so chiunque può chiedere di vederlo; ci sono funzionari molto disponibili in quel municipio. Ma forse non risulterà così interessante.

Prima di partire dalla città ho incontrato il giornalista e ho parlato con lui. Tobias. Non era per niente soddisfatto delle riprese di quella notte. Avrebbe sperato in qualcosa di sensazionale, paragonabile alle riprese in piazza Kapija.

Se non si vede niente vuol dire che non c'è niente da far vedere, mi ha detto.

Ce l'aveva a morte con gli uomini della difesa che gli avevano impedito di fare un po' di luce. Lo sapevano che ormai non c'era più il pericolo dei cecchini; non più di quanto ce ne sia in questo momento. Tobias è abituato a rischiare la pelle per fare il suo lavoro; nel suo campo è fra i più apprezzati proprio per il suo coraggio.

A me invece quelle riprese sembravano eccezionali. Allora non sapevo come spiegarmelo. Ora sì, dopo aver visto all'opera Marguerite, dopo essere arrivato con lei fino alla tamburina di Timaussù.

Père Foucauld scrive al suo amico: "Da quando vivo qui", e intendeva l'Hoggar, "ho imparato a non aver fiducia nei miei occhi. Non sono loro che mi sveleranno la natura delle cose nel cuore dell'Universo. Nel deserto molte cose evidenti alla vista sono solo effetti ottici. So che l'essenza di ciò che cerco potrò trovarla in minimi segni. Vado esplorando il deserto in cerca di tracce e per distinguerle non mi servono gli occhi. Non è sperando di vederlo che la cammella si mette alla ricerca del suo piccolo".

Poi, quello che ho fatto in quell'alba sulla collina è stato appisolarmi ancora una volta sulla lastra di pietra della capanna dei Brecko.

Nel dormiveglia sentivo Marija e Kiko che mi guardavano e ridevano. Li sentivo andarsene in punta di piedi come fanno i bambini pensando che così non li senti. Sentivo, chilometri e chilometri lontano dalla collina, i cingolati mettersi in moto, i cecchini smobilitare le loro postazioni, i soldati

montare sui camion. Sentivo lo zampillo dell'urina del soldato Renko chiocciare sulle foglie di un basso cespuglio nel
cuore della foresta. La solita pisciata mattutina davanti al
suo noce.

E ho sentito il fruscìo del foglio di carta che una folata di
aria fresca mattutina ha liberato dal suo sasso sul tumulo di
Korzo. L'ho sentito distintamente prendere il volo e non ci
ho fatto gran caso. Qualcuno poteva mai dimenticare il nome di chi è stato messo a dormire nella prima buca della prima fila?

Ho sentito la treccia di Marija svolazzarle intorno al collo
mentre correva nel boschetto e mi sembrava che fosse un uccello che cercava di posarsi sul suo viso.

Quando mi sono rimesso in piedi erano le otto passate.
Ho bevuto tutta l'acqua della cannella. E invece di scendere
in città per la strada che conoscevo, ho voltato dall'altra parte della collina, nel sentiero che attraversava il Cimitero dei
Serbi e scendeva verso i boschi. Pensavo di allungare un po',
non avevo tanta voglia di farmi vedere da Zingirian troppo
presto.

È stato così che nemmeno un'ora più tardi ho incontrato
la Perfetta.

Ho imparato qualcosa dai forestali della selva di Trnovo.
Mi hanno insegnato parecchio, ai tempi di Amapola. So dove mettere i piedi e soprattutto dove cercare di non metterli;
so come seguire una traccia e come non perdermi facendolo.
So che il bosco ha un suo disegno anche quando appare ine-
stricabile.

Quando il disegno di un bosco è troppo antico perché tu
possa capirlo senza sforzo, quando non riesci a intuire il suo
ordine, allora il bosco si chiama selva. È quando ti perdi. Ti
perdi perché non sei in un luogo che puoi capire.

Nelle selve del Monte Canin ho sofferto di vertigini. La

selva può dare uno smarrimento così grande, la selva in certe circostanze diventa orrido.

La selva dove ho trovato la Perfetta era un bosco senza nessun ordine. Era un bosco trasformato in selva con sistemi artificiali. Se aveva un suo disegno, era troppo recente perché qualcuno potesse riconoscerlo. C'era passata molta gente di lì negli ultimi tempi, e aveva sporcato e confuso. Bossoli che luccicavano ancora, alberi divelti, buche profonde come piccoli crateri. E pezzi di plastica fusa ovunque. Plastica che a sentirla fra le mani era dura come acciaio. C'erano chilometri di filo elettrico che andavano su e giù senza che ci fosse qualcosa da accendere a un capo o all'altro.

E in tutta quella sporcizia c'erano noci e meli. E i noci erano gravidi di frutti e i meli avevano già una pozza di petali attorno. Sembravano chiazze di neve tardiva.

Ma i sentieri si perdevano in fossati e nei fossati la mota ancora umida aveva conservato l'orma di carrarmato di scarponi pesanti.

Scendevo il bosco sapendo di non potermi fidare di nessuna traccia, perché era evidente che ogni cosa era stata lasciata lì come se qualcuno, invece di dare una mano a Pollicino, avesse voluto confonderlo definitivamente. Scendevo cercando di non perdere il sole. Dovevo andare verso il mattino, tenere la luce in faccia, ma era diventato impossibile. Sapevo che in quella selva a ridosso della città mi sarei potuto perdere anche quando avessi cominciato a sentire il rumore delle sue strade. Sempre che Tuzla avesse ripreso a fare rumore.

Mi stavo perdendo.

Ho trovato la Perfetta perché ho sentito l'odore.
L'odore.
Diceva Rudi, il giovane dei due forestali del Monte Canin: se dici "puzza" ti farà schifo e non lavorerai mai volen-

tieri. Prova con "odore", e ti andrà meglio. In effetti funzionava. La merda degli orsi ha un odore molto persistente e pungente. A suo tempo ci ho lavorato attorno parecchio e so cosa dico.

Nella foresta di Tuzla, varcando il limite di arbusti di una minuscola radura, ho sentito puzza; ma solo per quell'attimo necessario a ricordare la ricetta di Milo. Poi ho sentito solo odore. Un odore complicato, inaspettato e familiare, straniero e domestico. Urina, benzina bruciata, sangue, l'odore forte del sangue quando è in coagulazione, e un sottile, pungente sentore di fiele e nocciole. Vago odore di orso.

Mi sono guardato attorno. Non pensavo di trovare un orso. Fossi stato così pazzo, allora voleva dire che mi ero irrimediabilmente perso. Perso più di Pollicino. Non so cosa pensavo di vedere; a meno che, stanco com'ero, non si stesse facendo strada l'idea che avrei potuto trovarmi davanti un orsologo. Magari il professor Hasan Kikić, l'uomo che avrei dovuto incontrare a Tuzla. L'uomo per cui ero lì. Forse Hasan Kikić era in piena campagna primaverile. Forse era nella selva da giorni, da settimane; sporco, ferito, carico di campioni di cacca, incurante della guerra. E non sapeva di piazza Kapija, non sapeva che l'assedio era finito. Forse non sapeva nemmeno che l'assedio era cominciato.

La radura era un lenzuolo di erba bassa attorno a un noce; il noce era abbastanza grande da ombrarla quasi tutta. Un posto improvvisamente ordinato, quasi fosse curato, pulito.

Ho visto una sacca di plastica. Chiara, evidente in mezzo all'erba fradicia della guazza notturna. Strana quella sacchetta, strano che ci fosse.

Ho visto la giacca a vento viola, strana la giacca in piena primavera, strano colore.

E alla fine ho visto il muso della Perfetta e poi tutto il suo corpo. Ma prima il muso. La nuca riversa sulle radici del noce.

Non mi sembrava che potesse essere una donna; sono andato a vedere da vicino e ho visto che era la Perfetta.

La giacca viola era aperta su un torso nudo. Una ferita orlata di rosso cupo, sul lato sinistro. Nel punto della ferita doveva esserci prima una piccola, rotonda mammella.

Erano due occhi aperti su qualcosa tra i rami del noce. Due sopracciglia, curve come gli archi di una bifora. Capelli chiari sparsi tra l'erba, molto lunghi. Due mani bianchissime e unghie quasi trasparenti che tenevano stretto un pezzo di stoffa.

Erano un pezzo di stoffa nera di sangue rappreso con una chiazza bianca di ricamo, un paio di pantaloni blu con la cerniera aperta, sbracati a metà coscia.

Era una giovane donna e una puzza; e la puzza era solo un complicato odore.

Mi sono accostato ancora. Erano due occhi. Grigi, celesti, viola. Era un segno rosso e profondo che segnava lo zigomo e il collo dalla parte del cuore. Ed erano tre luci. Il mio corpo le ha coperto il cielo, ma sono rimaste tre luci. Si spargevano tenui come la luce delle lanterne cieche nel prato dei bambini. Era viva. Era la bellezza.

La ferita nel torace era aperta, e i lembi arrossati; nel coagulo sbocciavano punti di sangue vivo.

Non capivo perché non si fosse dissanguata, perché non scottasse d'infezione. E il suo viso era straordinariamente bello e i suoi occhi incomprensibilmente vivi. E lucenti.

Si è portata la mano sugli occhi, la mano con ancora il pezzo di stoffa stretto fra le dita. Ha socchiuso le labbra e ha parlato:

"Ne phrogaj menja".

È quello che ho capito. La voce le usciva dalla gola molto sottile, ma era chiara. Era così chiara la sua voce, così distinti i suoni, che assomigliava a un ordine. Un ordine dato con un filo di voce, con molta dolcezza.

Ne phrogaj menja.

Come: non mi toccare.

Ma io l'ho toccata. Lei ha lasciato che lo facessi. Le ho preso il viso tra le mani.

È l'unica cosa che so fare. Quando occorre sul serio fare qualcosa, qualcosa di pratico con le mani.

Il viso era candido come le sue mani, la pelle trasparente come le sue unghie. Era morbida e fredda, come se avessi raccolto una manciata di neve appena caduta. Con le mie mani le ho scaldato il viso.

Pensavo di mettermela in una tasca e di portarla in salvo. Pensavo di fare come se fosse una rondine. Era tutto quello che sapevo fare.

Non si poteva. Era la Perfetta.

Non mi interrogavo su chi fosse, lo sapevo. Sapevo distinguerla da qualunque altro essere vivente, rondine o umano. Mi bastava quello che mi era stato detto di lei. Detto da Zingirian, costruito nel mio cuore mentre lui raccontava.

Avevo un fazzoletto e gliel'ho premuto sulla ferita. Era uno dei fazzoletti di Dinetto, un fazzoletto di fine batista con l'orlo cucito a mano. Dinetto ci si soffiava il naso, di tanto in tanto, quando era concentrato sul suo lavoro di costruzione di gabbiette artistiche; io ci pulivo gli strumenti del mio lavoro. Quando lo facevo sentivo ancora il fiato di tromba del naso di Dinetto; provava una singolare soddisfazione a strombazzare dal naso.

Le ho chiuso la giacca viola. Pensavo a quante ne aveva raccontate Zingirian, su quella giacca e su quel colore. Pensavo che adesso io la stavo toccando, ed era vera. Pensavo a come era persistente l'odore di fiele e nocciole sotto tutti gli altri odori della Perfetta e della selva, pensavo ad Amapola.

Me la sono caricata sulle spalle. Non credevo di sapere come si fa: ho imparato in quel momento. Ho imparato a fare per la Perfetta quello che Dinetto aveva a suo tempo imparato a fare per me: prendermi a cavallina e portarmi a spasso.

Lei non ha emesso suoni, non ha detto parole. Mai, dopo aver chiesto: "Ne phrogaj menja".

Mi sono chinato a raccogliere la sua sacchetta di plastica; mi è sembrato un bel gesto, non pesava quasi niente.

Ecco, ho pensato come ultima cosa, si è avverata la profezia.

Era un pensiero che non significava niente. Credo che mi fosse venuta in mente la battuta di un film di quando ero bambino, al tempo dei kolossal sulla Bibbia e sui primi, ardimentosi cristiani. Sì, ne sono certo, a quel tempo felice avrei voluto ardentemente che la mia adorata Cleopatra finisse così. Che Richard Burton se la prendesse sulle spalle e la portasse via, lontano dal suo tragico destino, mentre una voce dal cielo diceva con l'inconfondibile timbro di Orson Welles: "Ecco, si è avverata la profezia".

La Perfetta a cavallina. Dal suo torso sulle mie spalle, dalle sue mani fredde attorno al mio collo, dalle sue cosce intrecciate ai miei fianchi, sentivo fluire un tepore interiore che mi sembrava la vita. La vita tutta, non la vita della Perfetta. Come se in quel momento io e lei fossimo un riassunto. Un compendio perfetto e totale. Come quando, sognando, sentiamo di percepire il tutto. E di quel tutto conoscere ogni cosa. Come quando in un sogno la nostra anima diventa più grande di noi.

Dentro questo tepore, nel cuore di un bosco inselvatichito dalla guerra, caricato di un peso che non sapevo quanto avrei potuto sopportare, io amavo la Perfetta. Come se davvero questa fosse stata la profezia, come se non ci potesse essere stato altro naturale svolgimento nella storia del mondo.

Poi ho ripreso a cercare il sole, me lo sono tenuto davanti alla faccia e ho cominciato a camminare. Provare, almeno, ad arrivare da qualche parte.

Non è stato facile. La Perfetta non era una rondine e nemmeno uno zaino, e nemmeno me da bambino. Doveva soffrire molto, e la sua sofferenza era un ulteriore peso, e il suo silenzio un peso sul peso. Forse era troppo debole per lamentarsi, forse era nella sua natura di non farlo.

Sono inciampato, più di una volta, fino a riversarmi per terra. Allora il carico mi si stringeva un po' di più; ma era solo una leggera pressione. Se avessi voluto, se per una qualunque ragione mi fossi liberato di lei, l'avessi lasciata lì, scaricata in un posto qualunque, credo che non avrebbe fatto la minima resistenza. Credo che non avrebbe obiettato.

Siamo entrati in città dalla parte dell'università, come avevo pensato che sarebbe successo tenendomi sempre verso levante.

Il primo a vederci è stata una ragazza. Stava raccogliendo mucchietti di fogli sparsi sul marciapiede. Era una mattinata ventosa. La ragazza lottava con il vento che aveva disperso diverse puntate di un corso di lingua inglese per principianti. Aveva mani troppo piccole, avrei voluto aiutarla, ma non potevo. La ragazza ha guardato in su e mi ha sorriso. Ci ha sorriso. Ed è corsa a chiamare qualcuno. Passettini di piccoli piedi veloci come il vento. Avrei voluto finire di raccoglierlo io, quel corso di inglese, avrei anche voluto comprarlo.

Ci hanno portato all'ospedale. Hanno caricato la Perfetta su un carretto, un carretto attrezzato da lettiga. Prima di lasciare che la facessero entrare nell'ambulatorio, sono riuscito a metterle fra le mani la sua sacchetta. Stringeva ancora il pezzo di seta, poi l'ha lasciato andare e io l'ho raccolto.

Adesso è nel mio ufficio, è un reperto. È tutto quello che sono venuto a sapere di lei. Quel pezzo di stoffa macchiata e l'odore di fiele e nocciole. Ma la stoffa è lì nel cassetto, l'odore non è da nessuna parte se non nel mio ricordo. E quell'odore pungente ma non sgradevole che mi è rimasto nelle mani e nei vestiti per giorni e giorni, posso anche non averlo sentito davvero, ma solo immaginato, o ricordato; c'è un piccolo cassetto nel lobo destro del mio cervello, pieno di tutti gli odori importanti della mia vita. Gli odori rimangono per sempre e basta un pensiero per convocarli al tuo naso. Io so che l'odore di un orso può rimanere per mesi rappreso nella corteccia di un albero, ma so anche che io, io che ho tenuto Amapola fra le mie mani, quell'odore posso sentirlo su un albero dove nessun orso è mai passato a grattarsi.

Tutto quello per cui mi ero messo per strada è finito lì, davanti al carretto attrezzato da lettiga.

È finita la storia degli orsi, era finito il professor Hasan Kikić, che, come ho saputo quella stessa mattina, aveva lasciato sua figlia in piazza Kapija e non aveva voglia di nient'altro che del suo dolore. Era finita la mia curiosità, del resto, perché intanto avevo saputo più cose di quelle che cercavo. Più cose di quante sarei riuscito a imparare.

Avevo visto, avevo toccato. E tutto è rimasto.

Il pezzo di seta e i fogli con gli esiti dell'esame del Dna del sangue rappreso sulla stoffa sono solo un dettaglio. Ho dovuto dare molte spiegazioni e dire qualche bugia perché mi fosse concesso. Ma anche i miei colleghi erano curiosi di sapere. Era sangue umano geneticamente identico a quello prelevato dal vello di Amapola.

Cosa è accaduto tra Amapola e la Perfetta, come si sono incontrate e come hanno potuto avere intimità di sangue? Quell'intimità che avrebbe potuto solo generare morte? Posso soltanto immaginare. Ancora una volta voglio immaginare.

La cicatrice fra zigomo e collo, dalla parte del cuore. All'ospedale avrei potuto osservarla con cura, non mi è sembrato il caso. Non era necessario indagare, non era richiesto. L'ho vista però: slabbrata, discontinua. La lama di un grosso coltello, una punta di selce, una fibbia d'acciaio, la solita roba in dotazione fra i bravi ragazzi del Monte Ozren, o quelli del Passo di Lovhny o della strada di Ranieka; i commilitoni di Renko. Con qualcosa del genere è stata fermata anche la prima volta. E poi lasciata a marcire sul ciglio di una strada, in una radura di un'altra selva, sotto un altro noce.

Ascoltate, la Perfetta è sola.

Non sente e non vede, è solo un corpo che sanguina. Il sangue della Perfetta ha un odore dolce e penetrante. I globuli del suo sangue sono sorprendentemente volatili, molecole così leggere che nell'aria fredda della sera possono fare molta strada prima di dissolversi nei tenui profumi dell'ultimo inverno.

Nel folto della selva, un orso fiuta il profumo della Perfetta. È una giovane orsa, fianchi snelli e vello rossiccio. Non ha dormito molto durante l'inverno e ha avuto spesso un sonno agitato; ha dovuto muoversi anche con la neve alta, quando avrebbe preferito starsene tranquilla al caldo a godersi il suo lardo. Ha invece faticato parecchio e ha avuto problemi a trovare abbastanza cibo per sostentarsi. È piuttosto magra, ed è scontrosa e irritabile.

Il suo primo inverno da adulta lontano dalla madre è stato molto faticoso. Avrebbe voluto fare come tutti gli orsi della sua famiglia prima di lei: trovare placidamente la sua strada e mettersi in cammino verso gli amori e i mirtilli della sua vita. Ma appena è stata slattata e ha cominciato a muoversi per conto suo, nei suoi boschi è arrivata la guerra. Da allora si sposta cercando di starne alla larga. E non c'è ancora riuscita. Ed è un'orsetta frustrata, piuttosto famelica, e preda della sua prima, inaspettata tempesta ormonale. L'odore del sangue della Perfetta le piace e la eccita.

Quell'odore è una buona notizia. Lo segue con circospezione perché sa che è solo una promessa, una promessa lontana. Dentro quell'odore vive ancora l'animale che lo emana. Non conosce quell'animale, ma è una giovane orsa ed è piena di aspettative così vivide che, man mano che la traccia diventa più intensa, non sa resistere a incauti bramiti di piacere.

L'animale odoroso è immobile. Il suo spirito sta morendo. L'orsetta sente qualcosa, ma non sa cosa sente. L'animale versa ancora sangue fresco, ma quello che ha già perso gli si sta ispessendo tutto intorno alla ferita. L'orsetta si drizza sulle zampe posteriori in posizione d'attacco, agita gli artigli e scuote la testa ruggendo la sua sfida. Fa tutto quanto per bene.

Ora spetta all'animale ferito fare il proprio dovere: accettare la sfida, o provare a scappare. Ma l'animale resta dov'è. Senza un guaito, un belato, un sibilo. Senza un sospiro. L'orsa non trova per niente scoraggiante tutta questa inanità: rende le cose solo un po' meno eccitanti. Il sangue è sempre buon sangue, e l'animale non può che essere un buon animale.

Ritorna sulle quattro zampe e si avvicina al cibo in una lenta, guardinga spirale. Ora che gli è sopra, il suo grosso naso freme come un nido di vespe, e dalle fauci socchiuse lunghe strisce di bava filano giù; si mescolano con il grumo rosso crudo che è il viso della Perfetta.

Su quel grumo l'orsa strofina il naso, poi il muso intero. Bramisce come nel pieno del calore. In estasi si accoscia stretta al suo animale. Lo guarda con i suoi occhi lacrimosi dove piccole mosche di montagna stanno azzuffandosi per la loro parte di festino.

Se ne sta quieta lì l'orsetta, il muso appoggiato al petto della Perfetta. Il respiro forte e caldo di fiele e nocciole. Pian piano, come sua madre le ha lappato la placenta nel suo primo giorno di vita, l'orsetta lappa il sangue della Perfetta. E quando ha finito con il sangue, le lappa il resto del viso, le mani. Le lappa gli occhi chiusi.

Poi si accuccia di nuovo buona buona, il muso raccolto fra le zampe, le zampe appoggiate alla giacca a vento viola. Passano le ore, ma le ore non sono niente per l'orsetta. Al mattino, la brezza che scende dalle montagne dell'Ovest le porta qualcosa che fiuta. Si alza, sbadiglia perplessa, bramisce, e al piccolo trotto se ne va verso quello che sente.

La Perfetta non vede e non sente, ma è viva. Ora che è quasi giorno il suo spirito è tornato da lei.

Tutto questo io l'ho immaginato, eppure tutto questo forse è accaduto. Ma non è questo l'essenziale.

L'essenziale è che ho incontrato la Perfetta, l'essenziale è che ho incontrato quell'orsa. Quell'orsetta che ho chiamato Amapola.

Perché no, genovese?, mi avrebbe detto con sufficienza Zingirian, se solo avessi avuto modo di raccontarglielo. Ma sono partito da Tuzla senza il suo numero di telefono, senza la targa del suo camion; se mai ne ha avuta una di targa, e non dieci, o nessuna, visto che non ci ho mai fatto caso.

Ci siamo salutati in fretta, io e l'armeno. Aveva troppo da fare. Si era rimesso a vendere. La gente andava al suo camion parcheggiato sul lungofiume e comprava un sacco di cose americane. Perché l'assedio era finito davvero.

Quando sono andato a dirgli ciao, grazie, arrivederci, aveva per le mani un frullatore e stava berciando in russo con un'anziana signora. La donna sembrava molto indignata e gli sventolava davanti al naso due banconote, come fossero la prova di un delitto. Zingirian ha posato il frullatore per terra, ci ha messo un piede sopra e mi ha baciato tre volte.

Bravo genovese, torna a casa.

Rideva con gli occhi, la fossetta del mento così profonda che ci potevi infilare una moneta.

Sono tornato a casa in aereo, un viaggio di lusso. Un viaggio pagato dai puffi.

Proprio prima di partire sono passato da piazza Kapija. Mi ha accompagnato il generale bogumillo Behram, che se ne stava ancora nel suo quartier generale nel vicolo.

Era difficile muoversi nella piazza, era completamente ingombra di fiori. Fiori ovunque, fino ai davanzali dei primi piani delle case. E c'era gente, ragazzi soprattutto, anche loro ammassati fino ai davanzali, silenziosi come i fiori.

Un poeta aveva regalato dei versi alla città e la città li aveva fatti scolpire su una lapide. Adesso la stavano mettendo su un muro della piazza. Il generale è stato contento di tradurmeli. In inglese, naturalmente; aveva più che mai bisogno di fare pratica. Non so se un generale della difesa grande e grosso sappia tradurre una poesia, ma alla fine, nella mia lingua, quei versi suonano così:

> *Qui non si vive solo per vivere*
> *Qui non si vive solo per morire*
> *Ma qui si muore solo per vivere.*

E mi sembra che vadano bene. Vanno bene per piazza Kapija, vanno bene per il paese di Bosnia, vanno bene per qualunque altro posto, anche per l'Hoggar, anche per il cuore dell'Universo. E per me, e per père Foucauld, e per Jibril, che continua a farmi cenno di andare a fare colazione con la mia baghett speciale.

Sono andato a vedere la Perfetta in ospedale. Sono andato più volte, sono andato sempre.

Era in un letto sistemato contro la parete di un corridoio assieme a molti altri letti e gente che andava e veniva, che imboccava, che rimboccava, che accendeva candele profumate. L'avevano pulita, fasciata e le avevano anche dato una camicia bianca da uomo.

Ma su una sedia erano appoggiati i pantaloni blu e la famosa giacca a vento viola. E la sacchetta di plastica.

Sono andato per prenderle il viso e tenerlo fra le mani. Per un po', finché lei non chiudeva gli occhi. Allora me ne andavo. Per tutto il tempo lei restava immobile. Teneva le mani lungo il corpo, chiuse, teneva la testa sul cuscino, placidamente. E non ha mai parlato, nemmeno per dirmi: "Ne phrogaj menja". Io non le ho mai detto niente. Non sono Zingirian e non conosco le lingue del Caucaso. E non avrei neppure saputo cosa dirle.

Ma lei, finché non abbassava le palpebre, mi guardava. Non sapevo interpretare il suo sguardo; le tre luci erano sempre accese, appena più fioche quelle dal lato sfregiato. Quelle dalla parte del cuore. E in qualche modo mi abbagliavano impedendomi di andare più a fondo nei suoi occhi. Come le luci negli occhi di Cleopatra.

Era la bellezza. Era la bellezza che viveva sotto una camicia da uomo in un letto nel corridoio dell'ospedale della città di Tuzla, nel paese di Bosnia, nel cuore dell'Universo. Io le tenevo il viso fra le mani e imparavo la bellezza. Al tatto sensibile dei miei polpastrelli leggevo il rilievo della cicatrice come un cieco il suo alfabeto. Quello che leggevo era solo bellezza. Se ora so vederla e riconoscerla, se capisco quello che dice père Foucauld quando ne parla, se ho capito la tamburina di Timaussù quando l'ha costruita, è perché la Perfetta mi ha permesso di impararla, ha lasciato che capissi.

Io le tenevo il viso fra le mani e l'amavo. Allo stesso modo l'amo ancora adesso, qui. Proprio allo stesso modo.

Di questo mio amore so una cosa: che non è il sentimento di un uomo malato.

Sono un uomo sano, con le mie voglie e i miei bisogni. Eppure amo una donna che non conosco, una donna che mi ha detto una sola cosa: "Ne phrogaj menja". Che altro non può voler dire che: non mi toccare. L'amo intensamente e vorrei averla, vorrei scaldarla, vorrei nutrirla. Vorrei cose sane.

Una volta è venuto con me all'ospedale anche Zingirian. Non si è avvicinato al letto, si è fermato in fondo al corridoio.

Dio mi perdoni, genovese, è lei. È stato tutto quello che ha detto mentre tornava al suo camion.

L'ultima volta che sono stato all'ospedale, il giorno prima di partire, la Perfetta non c'era più. Se n'è andata senza firmare, si sarebbe detto in un ospedale del mio paese. In quello di Tuzla, alla fine di due anni di assedio, a neppure una settimana dalla Festa della Gioventù, non credo che ci fosse niente da far firmare. Naturalmente aveva messo i pantaloni blu e preso la giacca viola. E la sportina di plastica. Sulla sedia, al posto delle sue cose, gli infermieri hanno trovato una noce nel suo mallo. Un mallo fradicio, una noce ancora acerba. L'hanno buttata via.

Non sono andato a cercarla. Dove sarei potuto andare?

Le ho visto fare un gesto, l'ultima volta. L'ultima volta che le ho tenuto il viso. Ha sollevato le mani che teneva distese lungo i fianchi e le ha raccolte in grembo, chiuse. Poi, prima di chiudere gli occhi e addormentarsi, le ha aperte. Come a farne una conchetta per prendere dell'acqua, un nido per accoglierci dentro qualcosa non più grande di una rondine. Non le avevo mai visto il palmo delle mani. Allora ho pensato solo che stesse un po' meglio, ora credo che avesse voluto salutarmi. Che avesse voluto dirmi: stai tranquillo, sto bene. E ora vado.

Mi manca. Mi manca perché è rimasta con me. Come tutto il resto, di più.

E ora sono qui, sul colle dell'Assekrem che è già mattino, ancora digiuno, ancora da prendere in mano la situazione e cominciare a lavorare. E Jibril è spazientito, e gli uomini aspettano senza dire una parola fumando milioni di sigarette nell'aria più tersa e più pura del mondo.

8.

LE STELLE

L'altro ieri è arrivata posta per l'Assekrem. Una lettera da Parigi, Par avion. Siamo andati a ritirarla a Tamanrasset. In città c'è un ufficio postale predisposto per simili straordinarie evenienze; è un semplice cubo di cemento grigio con un'antenna sul tetto. Accanto alla porta c'è una cassetta di ferro per le lettere, sopra c'è scritto in rilievo: "Courier de la République Française". Nell'ufficio c'è un vecchio arabo che svolge le molteplici mansioni di dirigente, impiegato e postino. Tiene l'ufficio postale dai tempi della colonia, quando arrivavano e partivano da Tamanrasset molte più lettere. Nessuno gli ha mai chiesto di andare in pensione e lui è ancora lì, a fare il suo dovere con la divisa blu del Courier de la République Française.

Il vecchio ci ha accolto sulla porta e ci ha pregato di entrare come se fossimo stati ospiti di riguardo, attesi con ansia.

Dentro la stanza era buio pesto e ha acceso una lampadina su una piccola scrivania di legno; a vederlo sotto la luce gialla dell'abat-jour era così magro, che dentro le ombre della divisa sembrava non ci fosse altro che un ginn, uno spiritello. Portava dei grossi occhiali di bachelite stretti alla shesh con del fil di ferro, e dietro gli occhiali c'erano due occhi enormi, liquidi e profondi. Teneva lo sguardo fisso davanti a sé, come se quegli occhi così grandi avessero la proprietà di una visione circolare. Assomigliava a un insetto con un assurdo carapace blu.

Sul piano della scrivania, sistemata esattamente al centro sopra la rilegatura slabbrata di un registro, c'era una busta. Il vecchio l'ha presa fra le mani con cautela, come se avesse paura di danneggiarla anche solo a sollevarla dal suo giaciglio. Porgendomela l'ha palpeggiata un poco. Era un intenditore, uno specialista: sapeva apprezzarne la consistenza leggera e affidabile. Ha fatto scorrere il polpastrello dell'indice sulla dentellatura del francobollo, soddisfatto di non trovare imperfezioni.

Il francobollo era grande e molto colorato, un francobollo celebrativo. L'oggetto della celebrazione era ignoto al vecchio funzionario, e ha chiesto che glielo spiegassi. Non è stato facile: nel francobollo era commemorato un trattato economico fra gli stati d'Europa.

Prima della consegna ufficiale, che richiedeva la firma di un registro, ha voluto offrirci il tè. Erano mesi, ha detto, che non aveva occasione di impegnarsi in un compito così delicato: era una lettera che veniva da lontano, da Parigi. Nessuno mandava più notizie dalla Francia a Tamanrasset, non più da troppo tempo. Ed era un male che non si scrivessero lettere da Tamanrasset per le molte proficue destinazioni che ancora il mondo poteva offrire. Da anni, ormai, chi aveva da mandare notizie entrava nel suo ufficio solo per telefonare. Così, si lagnava il vecchio, con un'altra telefonata avrebbero potuto rimangiarsi ogni parola, ogni giuramento e ogni promessa.

"Nella carta le parole di verità durano in eterno, nel telefono si dissolvono nell'aria, fatue come il nitrito di un cavallo." Parlava un francese corretto ed elegante, preparava il tè alla maniera dei tagil.

Ho pensato che questo poteva essere l'uomo a cui père

Foucauld consegnava le sue lettere, le pochissime lettere che nel corso di vent'anni ha spedito in Europa. Ho immaginato che da giovane postino quell'uomo si fosse messo in marcia, di tanto in tanto, salendo il colle dell'Assekrem per consegnare al père una lettera spedita da Parigi, o dalla Côte d'Azur. Era un lungo viaggio da fare a piedi da Tamanrasset. Probabilmente l'amministrazione postale, nella sua leggendaria efficienza, doveva avergli messo a disposizione un cammello, forse un asino. Comunque, sarebbe stato un viaggio di un paio di giorni e lui avrebbe dovuto fare dei bagagli; portare con sé un po' di cibo, dell'acqua, una coperta per la notte. Sopra la sua divisa blu imbiancata di polvere, la borsa di cuoio a tracolla con dentro la missiva per lo straniero che parlava tagil e si copriva con la loro shesh turchina. E ho immaginato come père Foucauld dovesse essergli riconoscente di quel faticoso viaggio. Certamente gli avrebbe offerto ospitalità e per prima cosa si sarebbe messo a preparare il tè. Né più né meno di quello che in quel momento stava facendo il vecchio per noi.

Perché era arrivata una lettera: parole di verità che sarebbero durate in eterno.

Si saranno scambiati qualche parola, naturalmente, ma non molte. Il giovane aveva davanti a sé un grande mistico che avrebbe potuto svelargli molte verità, ma alla sua età smaniava per altro. Non vedeva l'ora di mettersi di nuovo in strada per tornare in città, riprendere il suo importante incarico pubblico, cercarsi una moglie, fare dei figli, costruire una casa per sé e per loro, piantare una palma nel cortile. Solo un plico sigillato lo aveva condotto fin lì, solo la grande responsabilità di far giungere al destinatario le parole scritte valeva quel faticoso viaggio. Il Dio dell'Islam non è Verbo, il Dio è Scrittura. Per questo si è preso la briga di dettare al suo prediletto profeta il Libro Sacro. Parola per parola, perché non una sillaba, neanche un singolo suono, fosse lasciato all'arbitrio e alla inconsistenza del nitrito di un cavallo.

Sono stato tentato di chiedere al vecchio se avesse davvero consegnato posta a père Foucauld, ma ho fatto qualche facile calcolo e ho constatato che il postino non può essere così vecchio. Ho firmato il registro e ho messo in tasca la lettera; nel farlo sono stato ben attento a trattarla con il rispetto che i suoi enormi occhi richiedevano silenziosamente.

Ma per strada ho domandato a Jibril se sia possibile che il postino abbia conosciuto père Foucauld. Jibril mi ha risposto di sì. Non solo l'aveva conosciuto, ma era stato anche uno degli ultimi a incontrarlo. Per questo era stato interrogato più volte dai francesi e dai tagil, per questo molti uomini che studiavano la vita del père hanno chiesto nel corso degli anni di parlare con lui.

Era un bambino di sei o sette anni allora, mi ha raccontato Jibril. A quel tempo l'ufficiale postale era un suo zio. Lo zio si serviva del nipote per molte commissioni per lui troppo faticose, come consegnare la posta a père Foucauld. Il bambino non saliva all'Assekrem, incontrava il père sulla pista.

Si sapeva che un certo giorno di ogni mese père Foucauld si sarebbe trovato in un punto della pista per Tamanrasset, all'altezza di una roccetta chiamata adheij Amhat, la Pietra del Sonno. La roccetta ha una parete concava dove c'è abbastanza ombra per darsi appuntamento, o per addormentarsi nell'attesa. Chiunque poteva salire alla sua capanna, ma père Foucauld non amava che lo si facesse per servirlo.

All'ombra di quella roccia andava gente per vendergli cibo, per discutere con lui di importanti questioni tribali, per correggergli il grande dizionario Francese-Tagil che stava compilando. E il bambino è andato qualche volta a consegnargli e a ritirare la sua posta. Riusciva a farlo in un giorno, camminando a piedi scalzi, come tutti allora.

L'ultima lettera che père Foucauld gli ha affidato non

era diretta in Francia. Quella lettera era indirizzata all'ufficio postale di Tamanrasset. Al nipote dell'ufficiale del Courier de la République Française, il giovane Mohamad. Questo il bambino non lo sapeva perché ancora non aveva imparato a leggere. Lo zio l'ha letta per lui, davanti a tutta la famiglia, neanche una settimana prima che fosse scoperto il cadavere di père Foucauld. Quella lettera era privata, ha detto Jibril, nessuna autorità ha potuto sottrarla al suo destinatario. È stata letta da molti che sono arrivati a Tamanrasset solo per questo, ma è ancora nelle mani di Mohamad. L'ufficio postale di Tamanrasset ha il suo museo. Un museo composto di un unico reperto. Ho chiesto a Jibril di poter tornare a vederlo.

Il vecchio conserva la lettera dentro le pagine del registro dell'ufficio. Sapientemente il foglio, perché si tratta di un unico foglio, non è ripiegato come in origine, ma disteso, in modo che con il tempo non si corrompa lungo le pieghe.

Non ho potuto toccarla. Mohamad mi ha aperto il registro e mi ha permesso di sedermici davanti per leggerla. È scritta in inchiostro viola con un pennino a punta smussata, di quelli usati dai calligrafi. Una scrittura molto accurata ed elegante.

La lettera porta la tradizionale e solenne intestazione: "In nome di Dio l'Altissimo e il Misericordioso". Ma questo incipit è tutto ciò che di altisonante contiene; è in realtà uno scritto brevissimo e si rivolge al "mio piccolo amico Mohamad". Molto probabilmente è l'ultima cosa che ha scritto père Foucauld, anche se non assomiglia affatto a un testamento.

Père Foucauld non sapeva che sarebbe stato ucciso da lì a pochi giorni. O forse invece se l'immaginava, e quella lettera era tutto ciò che voleva scrivere. Perché fosse recapitata a un bambino che ancora non sapeva leggere. Ma che certo prima o poi avrebbe imparato, per seguire le orme dello zio nell'importante ufficio di dirigente postale. Forse, scrivendo la lettera, sentiva i passi del suo assassino smuovere i sassi nell'ultima rampa della salita all'Assekrem.

Mon petit ami Mohamad

scrive père Foucauld, e prosegue:

è accaduto già diverse volte di incontrarci alla Pietra del Sonno e ho avuto modo di apprezzare quanto tu sia un bravo e solerte corriere. So quindi che non dimenticherai mai di passare da lì al giorno stabilito. Ma confido che non scorderai di farlo anche quando non ci sarò più io ad aspettarti. Amico mio Mohamad, credimi, in nome di Dio, se ti dico che ci sarà sempre posta da consegnarti che ti attende alla sua ombra. Vedrai anche tu che è l'ombra della Pietra del Sonno che ha cose da scrivere e urgenza che arrivino, non questo fragile uomo.
Amorevolmente ti saluta

Charles de Foucauld

Ho chiesto al vecchio se fosse mai tornato agli appuntamenti presso la Pietra del Sonno. Mi ha risposto di sì. Anche dopo? Sì, sempre. E "sempre" lo ha scandito con il tono sussiegoso di un vero dirigente del Courier de la République Française, guardandomi con limpida certezza attraverso i suoi oblò tutti pieni di ditate. Dunque devo credere che continui anche ora, vecchio com'è e mezzo cieco, ad andare alla Pietra del Sonno a ritirare la posta che la Pietra ha per lui. Perché "sempre" questo vuol dire per un uomo come Mohamad, che diffida della vacuità delle parole e disapprova l'impudicizia del telefono.

La lettera parigina indirizzata all'Assekrem, invece, non aveva nessuna intestazione solenne, ma cominciava curiosamente quasi allo stesso modo della lettera di père Foucauld al piccolo Mohamad, con un "Mon ami". Era indirizzata alla missione scientifica, ma si rivolgeva al "mio amico". Immagino che fossi io l'amico a cui scriveva Marguerite, la famosa giornalista.

Dunque Marguerite si è fatta inaspettatamente viva. Abbiamo letto la sua lettera assieme, io e Jibril. Appena finito di cenare, ancora con tutti gli uomini intorno al fuoco, ciascuno con il bicchiere del tè in mano, casomai ci fosse stato qualche passaggio nello scritto indirizzato a loro. Non ce n'erano, ma forse Kemhail avrebbe gradito sapere che Ahmiti, la tamburina di Timaussù, che al campo tutti si augurano sarà presto sua moglie, "ha cambiato la prospettiva con cui osservo la vita".

Così dice Marguerite. Credo che Kemhail non possa che essere d'accordo. Anche se non sono sicuro che il nostro autista passi molto tempo a osservare la vita, occupato com'è a viverla evitando i molti gravi incidenti che sono lì, sparsi ovunque qui attorno, per ferirla e troncarla di netto. Ho chiesto a Jibril se avrei dovuto leggere questo straordinario complimento a Kemhail. Jibril ha alzato appena una spalla.

Dunque Marguerite ha scritto al suo amico per ringraziarlo, e tramite lui ringraziare l'Hoggar e i tagil. Ha scritto che il viaggio nell'Hoggar è stato un momento importante della sua vita. Una rivelazione. "Farò i conti con la bellezza," ha scritto, "sto addestrandomi a vedere quello che al giornalista sfugge."

Ho chiesto a Jibril cosa ne pensasse di Marguerite. Ancora una volta ha alzato una spalla. Ma mi ha toccato un braccio e mi ha chiesto di andare con lui. Era di nuovo il tramonto sul colle dell'Assekrem, ancora uno dopo decine di meravigliosi tramonti. Ci siamo seduti sul tumulo di père Foucauld, abbiamo acceso una sigaretta e abbiamo fumato in silenzio per un po'. Il fumo saliva molto lentamente e attorno ai nostri visi edificava con calma d'artista una sottile e complicata cortina riccioluta.

Era confortante stare al riparo di quella iconostasi di tabacco bruciato. Quella del crepuscolo è l'ora in cui vedo meglio, quando la mia vista difettosa diventa acuta e impareggiabile. Il mio sguardo allora riesce a spingersi fino all'ultimo orizzonte e percepisce nitidamente l'enorme vastità dove giace quietamente a riposare per un'epoca ancora l'ammasso di cristallo siluriano che père Foucauld pensa sia il cuore dell'Universo. Ma a volte è faticoso vedere tutto questo, a volte è persino doloroso.

Poi Jibril ha detto quello che doveva dire. Jibril non fa mai grandi discorsi, quando parla cerco di stare attento. Prima di parlare ha aspettato che facesse abbastanza buio perché, bassa verso il confine del Mali, si intravedesse levarsi la Croce del Sud. Ma forse non se n'è neppure accorto: non riesco mai a capire dove guarda Jibril, quando guarda.

"Vedi come è più rosso laggiù questa sera? Senti che è più freddo questa sera? Vuol dire che quest'anno pioverà; allora forse arriveranno. È questione di pochi giorni, alaghj, e tu le vedrai. Ma quella francese non le vedrà. Lei non è fatta per vederle."

Poi mi ha chiesto una sigaretta e ha ripreso a fumare.

Mentre l'altra sera io e Jibril fumavamo facendo ombra alla Croce del Sud, dimah Tighrizt cantava, come al solito. È stato male durante il giorno. Ha avuto una crisi di tosse convulsiva che lo ha lasciato mezzo stecchito. Ha sofferto terribilmente e per un po' ho pensato che ci avrebbe rimesso la pelle. Ma Jibril non era così preoccupato. Gli ha fatto bere del tè con delle pasticche che ha preso dalla sua cassetta e lo ha tenuto con la testa sollevata finché non si è ripreso. Poi l'ha lasciato a se stesso. Dimah Tighrizt ha passato la giornata coricato nella capanna senza dire una parola, e se nessuno è andato a stuzzicarlo, nessuno gli ha dato un po' di importanza. Sembrava naturale per gli uomini che potesse morire da un momento all'altro. Jibril ha detto che è stato un attacco di asma. Che l'asma gli viene da tutte le sigarette che fuma, ma anche dal fatto che sta cambiando il tempo. I polmoni rinsecchiti del vecchio, mi ha spiegato, sono più sensibili del capello teso in un barometro. E mi ha fatto notare come anche gli altri uomini fossero un po' meno tranquilli del solito.

Francamente, io non riesco ancora adesso a sentire il cambiamento; vedo solo che il tramonto è più rosso e la notte più fredda. In ogni caso la crisi è passata e dimah Tighrizt era di nuovo al posto d'onore, davanti alla grande conca di rame dello stufato, a ficcarci dentro le sue dita nere di nicotina. A ingozzarsi, a fumare e a sentenziare. Ha onorato il suo contratto cantando, e la voce che arrivava fino a noi era la sua solita, stentorea e stridula come quella di un uccellaccio affamato. E Jibril ha tradotto per me ancora una volta.

Ha cantato, dimah Tighrizt, di aver incontrato quello stesso giorno la sua morte che strisciava al bordo della pista di Salet, poco prima del pozzo di Tibeghim. Questo ha detto: che la sua morte strisciava come una serpe calpestata dallo zoccolo di un cammello, come una iena con la schiena spezzata da un colpo di fucile. Era uno straccio sporco che rantolava e bestemmiava, una bocca sdentata che si apriva e si chiudeva nell'aria, senza più la forza di morderlo. Era ridotta così per la fame e per la sete che aveva di lui. Di lui che non riusciva a prendere dopo tanti anni che gli stava alle calcagna. E, molto ispirato, dimah Tighrizt ha cantato di essersi accostato alla sua morte e di averle dato da bere e da mangiare. Perché era penoso vedere la creatura più potente di Dio ridotta in quello stato. Perché, ha detto il vecchio poeta viaggiante, non avrebbe più potuto avere rispetto della propria vita dopo aver incontrato la sua grande nemica ridotta in quello stato. Le ha lasciato la sua pelle dell'acqua, le ha lasciato metà dei suoi datteri. Ma è stato ben attento a metterglieli un po' discosti, perché, era sicuro dimah Tighrizt, la sua stanca nemica avrebbe fatto presto a riprendersi.

Ma oggi dimah Tighrizt se ne è andato per davvero. Lui ci aveva provato a cantare che non era ancora il momento, però la vecchia con la falce ha fatto molto in fretta a trovare qualcosa da mettere sotto i denti.

Lo ha portato all'Assekrem il giovane Kemhail, di ritorno dal Monte Amhde. Dimah Tighrizt era in mezzo alla pista e aveva il petto squarciato per due palmi. Non è morto di un attacco di asma, dunque. Il suo sangue, secondo quello che ha visto Kemhail, era già secco, come se fosse lì da un giorno almeno. Ma il vecchio ieri mattina era con noi e beveva il suo tè.

Kemhail ce lo ha riportato avvolto in una delle coperte che tiene sulla jeep per quando bivacchiamo à la belle étoile. Ho liberato io il suo corpo dalla lana ispida, e il suo petto era davvero tutto un grumo di sangue vecchio e nero. Jibril gli ha dato un'occhiata, quindi ha ordinato agli uomini di preparare la sepoltura. Lo ha fatto senza consultarmi, senza nemmeno rivolgermi la parola. In teoria il responsabile sarei io, toccherebbe a me prendere decisioni così definitive. In teoria avrei dovuto seguire un protocollo. Avrei dovuto comunicare via radio l'accaduto alle autorità più vicine, attendere istruzioni e attenermici scrupolosamente. Non sono un debole, ma ho lasciato che fosse Jibril a decidere su dimah Tighrizt. Forse non era la cosa più giusta da fare, ma mi è sembrata la più naturale. La cosa più ovvia in fatto di dimah Tighrizt e di ogni altro essere vivente e morente sull'Assekrem. Io, e tutti noi quassù, siamo alaghj a Jibril, fratelli minori.

Abbiamo sepolto il poeta viaggiante a non più di dieci passi dal tumulo di père Foucauld, ma la sua tomba di sassi è nascosta da una roccetta, così che nessuno dei due sarà disturbato dalla presenza del vicino. Raccontavano storie troppo diverse per potersi piacere da vivi, non dovranno imparare a farlo ora. Non c'è stata nessuna cerimonia, e questo, lo so, è l'uso dei tagil, ma non mi è parso neppure di vedere particolare commozione nel campo. E questo non so cos'è. L'unica cosa che so per certa è che la nostra missione dovrà comunque chiudere in fretta: non si può lavorare a lungo nel deserto senza un bravo poeta.

Mentre gli uomini sistemavano la pila di sassi, Jibril ha letto la sura detta "Colei che avviluppa". "E allora, ti è giunta la storia di Colei che avviluppa? Volti spauriti vi saranno in quel giorno..." Per quel poco che conosco il Corano, non mi è sembrata la preghiera più misericordiosa da offrire per il viaggio di un vecchio peccatore.

Ma poi abbiamo bevuto il tè alla salute di dimah Tighrizt tutti quanti assieme, e lo abbiamo fatto in silenzio, e quella mi è parsa una preghiera amorevole. E amorevole persino il modo in cui gli uomini, tornando al lavoro, hanno scherzato sulla vedova e su Kemhail che avrebbe dovuto rinunciare alla tamburina di Timaussù, la bella Ahmiti, per diventare finalmente ricco. Lo hanno fatto con dolcezza, come se fossero tutti quanti figli di quel vecchio bizzoso e fannullone, orfani delle sue sigarette e delle sue canzoni.

E poi, con calma, mentre gli uomini ripigliavano le loro faccende, ho chiesto a Jibril se sapeva dirmi di cosa era morto il vecchio.

"Alaghj, credo che il dimah abbia incontrato il leone zoppo; impertinente e mezzo cieco com'era, gli sarà andato troppo vicino. Qualcuno dirà che è colpa dei banditi che sono saliti da Kidal, o che sono stati quelli del Fis, ma io penso che sia stato il leone."

Jibril mi ha guardato molto attentamente, come se cercasse di capire se ero davvero interessato alla sua risposta.

"E tu, alaghj, come vorresti che fosse morto il dimah?"

Lo sanno tutti che qui intorno ci sono i banditi che risalgono dal Mali, ma rapinano i turisti, non i tagil, che sono loro cugini. Tuttavia, è da un po' di tempo ormai che si dice che gli uomini del Fis siano arrivati fino a Tamanrasset, anche se nessuno li ha ancora mai visti. Dicono di gente sgozzata nei villaggi più a nord, si sa di ragazzi spariti lungo le piste dei pozzi e riapparsi in giro con la barba lunga un palmo.

Non ho risposto a Jibril, ma io, per me, se solo ne fossi capace, questa notte canterei davanti al fuoco la canzone di dimah Tighrizt che incontra il leone morente e di quello che si sono detti, prima che il poeta viaggiante chiedesse al leggendario animale di aiutarlo a mettersi una volta ancora per strada. A prendere una via che potesse tenerlo lontano dalla vecchia strega senza cuore che lo sta aspettando a casa.

Ho pensato molto alle due lettere in queste notti. Sono tante, due lettere in un giorno. Vista dal cuore dell'Universo, dove non ne è mai arrivata prima, tutta quella posta è un'enormità. E questa appena passata è stata una notte molto fredda. Anche se continuano a riservare per me il posto più caldo accanto alle braci, non mi è stato facile prendere sonno.

Ho pensato anche alle parole di Jibril, e alla canzone di dimah Tighrizt e alla ferita nel suo petto, a tutto quello che è rimasto in sospeso dopo le lettere ricevute e le parole ascoltate. Sono rimasto sveglio tutta la notte, eppure non sono riuscito a capire. Non tutto, almeno.

"Accettare il mistero, vivere portando il mistero con sé, fa di qualunque uomo un profeta," ha scritto père Foucauld.

Dovrei accettare il sospeso, portare nel mio bagaglio ciò

che non so. Oppure la notte non bisognerebbe pensare, anche in questo ha ragione Jibril. Bisognerebbe scrivere quello che si è capito durante il giorno, come père Foucauld, oppure dormire, come Jibril, come tutti gli uomini del campo e tutti gli uomini del mondo. Come farei volentieri anch'io.

Ma forse è davvero questione di pochi giorni. Poi vedremo quello che c'è da vedere. E allora, che arrivino o no, questione di poco ancora e bisognerà levare le tende. Non potrò pensare più a niente di tutto questo. Ogni cosa dell'Assekrem, tutto quello che ho toccato dell'Hoggar, resterà con me, ma non potrò più pensarci. Come non penso più alla Perfetta.

È lei che pensa a me, sono Amapola e Zingirian, e tutti gli altri spiriti che mi hanno incontrato, che pensano a me. È tutta loro la fatica. A meno che non resti qui, a meno che non provi a finire il lavoro di père Foucauld, almeno cercando di concludere il suo dizionario, che è arrivato alla lettera "s".

E questo non lo farò. Non sono capace. Come non sono capace di prendere il posto di dimah Tighrizt.

Dinetto ha fatto centinaia di gabbiette, ma non ci ha mai messo dentro un canarino. Deve esserci una ragione. Forse Dinetto era un canarino che si costruiva da solo le sue case. Forse aveva una sua idea, una filosofia, e lui che non parlava e non scriveva, la costruiva con le sue mani. Forse Dinetto costruiva nel tinello, davanti al suo figliolo, l'idea che aveva del mondo.

Nel mondo di Dinetto, tappollista sovversivo, si costruivano gabbiette in continuazione, ma il trucco stava nel lasciarle vuote. Se è così, Dinetto non era un canarino.

Nemmeno io sono un canarino. So di poter assomigliare a una rondine e a un orso, ma non a un canarino. Posso migrare o vagare, ma non posso stare fermo. Qui, seduto su questo tumulo di pietre nel punto più alto del grande deserto dell'Hoggar, non sto un attimo fermo in verità.

Guardo le mie mani. Grandi. Tutte segnate sul dorso e callose nel palmo. Alle mie mani manca il viso della Perfetta, ma se avrò fortuna, se è giunto il loro tempo, tra poco nelle mie mani terrò una rondine. Una rondine che è arrivata fino al cuore dell'Universo, al nudo buco del culo della Terra, perché in qualche parte dentro di lei ricorda che questo deserto di pietre è stato verde di pascoli e boschi, ricco di fiumi e di cervi. E se non in questa, nella prossima era tornerà a esserlo.

E se io che sono scienziato-ricercatore posso anche non saperlo, le rondini no, le rondini sanno quello che fanno.

Ecco, alzo lo sguardo dalle mie mani al cielo. Non è mai nero il cielo dell'Hoggar, neppure quando non c'è luna. Viola, turchino cupo, blu dell'oltremare scuro, ma non nero. Troppe stelle.

Cerco la Croce del Sud sopra le montagne di un confine che i tagil non hanno mai imparato a rispettare. Eccola, è lassù, il piccolo gioiello d'argento che tutti loro portano al collo, gli autisti del campo ne tengono una anche sul parabrezza: quattro stelle dell'argento duro e ombroso che lavorano i loro fabbri fondendolo su una pietra che si lasciano in eredità per generazioni. È il padre che gliene fa dono prima che intraprendano il primo viaggio. Mi ha detto Jibril che nel metterglielo al collo pronunciano questa frase: "Vai, figlio, e ricorda che se Dio ti ha concesso di sapere dove sei nato, non vuole che tu sappia la strada che prenderai per andare a morire".

Ecco, mi basta un attimo per vedere che questa notte le stelle della Croce del Sud non sono quattro. Lungo il braccio più lungo della croce palpitano intermittenti tre minuscole luci, tre barchette che navigano di conserva nel mare freddo ma straordinariamente calmo di questa notte.

9.

IL VIAGGIATORE NOTTURNO

C'è stato un tempo, quando ero un ragazzo, in cui non riuscivo a trovare niente di meglio da fare che mettermi da qualche parte a leggere romanzi. È stato un tempo assai lungo e ho letto centinaia di libri.

Il mio posto preferito era il cesso di casa. Non crediate che fosse uno stanzino angusto e buio. Era forse, invece, la stanza più grande. Abitavamo allora in un vecchio palazzo, e casa nostra era nata e cresciuta nei secoli avendo per servizi igienici una latrina cosiddetta alla turca in un angolo della cucina, in una baracchetta di compensato, separata dal resto della stanza da una tenda a fiori bianchi e rossi.

Alla fine degli anni cinquanta mio padre, approfittando del boom economico e del matrimonio di suo fratello, aveva intrapreso grossi lavori di ristrutturazione. Nel giro di un mese, la stanza che era stata fino ad allora a disposizione dello zio Luciano era diventata un bagno. Ricordo fra l'altro che, nel traslocare, mio zio aveva lasciato dietro di sé una scatola piena di cose che riteneva di nessuna importanza; è stato in questo modo che sono venuto in possesso del mio primo calendario tascabile profumato, con le fotografie di dodici ragazze in reggipetto e mutande.

Per alcuni anni il nostro nuovo bagno ha avuto un lavandino e una tazza di porcellana, ma non una vasca; al suo posto c'era, appesa a una parete, una bagnarola di zinco che veniva calata la domenica mattina. Nel notevole spazio rimasto libero mio padre aveva sistemato i bauli del nostro corredo e il suo ricco laboratorio di operaio tuttofare. In un angolo vicino alla grande finestra aveva piazzato anche una vecchia poltrona di pelle. Se ricordo bene, quella poltrona era la sua parte dell'eredità lasciata dalla zia Iside.

Il bagno con uso di officina e angolo salotto era in verità ai miei occhi la stanza più interessante e movimentata della casa. Lì, accucciato sulla scomoda poltrona della zia Iside, ho letto i libri più belli della mia vita. Non ricordo di aver mai più provato quella sensazione di totale e assoluta fiducia con cui mi piazzavo in grembo un libro cercando con le dita lo spessore della piega lasciata sull'ultima pagina del giorno prima.

Si trattava di romanzi, per lo più. Di ogni genere e qualità, perché già allora ero un pessimo selezionatore. Mi sono piaciuti davvero tutti. Qualcuno però mi è piaciuto così tanto che non ha mai smesso di piacermi.

Anche in questo momento il mio autore preferito è una vecchia conoscenza di quel tempo. Si chiama Jack London, e ha scritto un sacco di romanzi stupendi. Sono storie di grande bellezza e forza, ma la cosa più straordinaria di quelle storie è che, come lui stesso dice, non ha mai avuto bisogno di inventarsi nulla, o quasi, ma, semplicemente, di riferire quello che gli è capitato di vivere e di sentire dalla gente che ha incontrato lungo la strada della sua vita.

Jack London ha avuto la fortuna di vivere una vita molto speciale.

Tanto per cominciare, era ancora un ragazzo – aveva sì e no diciotto anni e il XIX secolo era agli sgoccioli – quando è partito per l'Alaska con l'intenzione di participare alla famosa Grande caccia all'oro. Non ha trovato una sola pepita che valesse la pena di vantare, ma ha visto e fatto parecchie cose eccezionali che ha avuto modo di raccontare appena tornato. *Il Grande Nord* è il titolo di una raccolta di racconti ambientati in quegli anni avventurosi. È un libro che ho letto quando ancora andavo alle scuole medie, un libro che ora non trovo più negli scaffali giù in cantina.

Qualche giorno fa mi è tornato in mente uno di quei racconti. Dopo quarant'anni. Mi è tornato in mente senza un apparente motivo; così come tornano in mente, all'improvviso, tante cose che pensiamo di aver lasciato a dormire da qualche parte per andare avanti nella vita e occuparci di faccende più importanti. È una storia breve, molto semplice. Ve la racconto come la ricordo io dopo tutti questi anni. È intitolata *Farsi un fuoco*.

Dunque, c'è una carovana di cercatori che sta marciando verso i giacimenti d'oro dello Yukon, quando una terribile tempesta di neve la disperde. C'è un uomo che è rimasto solo in mezzo a uno sconfinato, accecante nulla. Ha freddo, ha fame, ha perso i suoi bagagli. Quell'uomo ha adesso una sola cosa da fare, se vuole sperare di sopravvivere: farsi un fuoco prima che cali la notte. La storia è il racconto di come quest'uomo riesca a procurarsi il necessario per accendere il suo fuoco. Alla fine della giornata, stremato dalla fatica, ci riesce. Accende il suo piccolo falò a ridosso di uno sperone di roccia e si pone in attesa di ciò che lo salverà. Non è il calore del falò, non è solo quello che serve all'uomo per salvarsi la vita. Anzi, lui sa che, sfinito com'è, non passerà molto tempo che, al tepore del falò, si addormenterà. E così, non più alimentato, il fuoco in breve tempo si consumerà e lui morirà congelato senza neppure accorgersene. L'uomo ha acceso quel fuoco per un'altra ragione ancora. Spera ardentemente che qualche sopravvissuto della carovana veda la luce e il fumo. Spera che chi li vedrà abbia ancora abbastanza forze per andare verso il fuoco. E così accade, e i due uomini potranno essere ancora vivi la mattina dopo. Passeranno la notte accanto al fuoco parlando di ogni cosa. Per dimenticare la fame, per stare svegli e attizzare continuamente le fiamme. Si racconteranno cose vere e cose inventate, diranno grandi verità e colossali bugie. Non importa se sia vero o no, ciò che si dicono:

quella notte l'unica verità del mondo è nella loro stessa vita. In quella veglia, le storie che ascolteranno sono sicuramente le migliori che la vita che hanno vissuto e la fantasia che li anima potevano mettere loro a disposizione. Ciò che conta è che raccontano con tutta la passione che hanno, credendo l'uno nell'altro e nel sole che finalmente sorgerà al mattino.

Per questa notte, e forse solo per questa notte, i due sconosciuti dispersi nel gelo del Grande Nord saranno amici per la pelle, indissolubilmente legati da un unico destino. E la mattina saranno ancora svegli e vivi, e se avranno fortuna ci sarà veramente il sole, e potranno rimettersi in marcia cercando qualcosa per sfamarsi, un punto all'orizzonte dove dirigersi. Verrà il momento che si separeranno e probabilmente anche quello in cui scorderanno l'uno la faccia dell'altro, ma non potranno mai dimenticare quella notte di veglia, persino quando non ricorderanno più nemmeno una parola di ciò che si sono detti.

Ecco, la storia di *Farsi un fuoco* è tutta qui.

E credo di sapere perché mi sia tornata in mente dopo così tanto tempo, perché mi sia dannato a cercare il vecchio libro del *Grande Nord* giù in cantina. E perché, alla fine, sono contento di non averlo trovato, e di poter così conservare il mio Jack London intatto e meraviglioso come il giorno che è venuto a farmi visita nella vecchia casa con il bagno con uso di officina e angolo salotto.

Perché avevo appena finito di scrivere una storia, giusto quella che avete appena finito di leggere. Perché sono arrivato a questa storia dopo che una grande tempesta aveva disperso ogni mia cosa. Perché, infreddolito com'ero, avevo bisogno di farmi un fuoco e cercare così di passare la notte.

Ho acceso il mio fuoco e la storia è arrivata, sbucata dal buio intorno, da chissà dove. E per tutto il tempo che ho passato a scriverla, e sono stati molti mesi, è come se mi fossi trovato su, nel Grande Nord, a pochi palmi dalla faccia di un uomo sconosciuto, così vicina quella faccia da essermi diventata familiare come quella di un fratello. È stata una lunga notte di veglia, e tutto quello che ho potuto fare per onorare lo sconosciuto e la mia stessa vita, è tutto qui, dietro di me e davanti a voi.

Ecco, si è fatto mattino. Sul mare c'è calma di vento e la burrasca è solo uno sbaffo nero sull'orizzonte delle montagne Apuane: sarà una gran bella giornata, adatta per rimettersi in viaggio.

Ho cominciato a pensare a questa storia nel febbraio del 1996, ho finito di scriverla nell'ottobre del 2004. Prima è venuta Tuzla e per ultimo è venuto il versetto del Corano che ha dato il titolo a questa storia. Una delle molte storie di viaggiatori notturni. Come sempre, ci sono molte persone che ne sono con me autori. Persone che hanno voluto bene a questa storia e al sottoscritto, persone a cui ho chiesto un sacco di cose e che si sono fatte in quattro per darmi una mano lungo tutta la strada, che non è stata poca. È bene che si sappia a chi devo il mio grazie.

Tom, lui mi ha accompagnato nella parte più difficile del mio viaggio: mi ha portato a conoscere la guerra, mi ha insegnato a viverci dentro e della sua fine farsene una passione perenne. Grazie, Tom. E grazie anche a te, France, per l'accorta sorveglianza lungo il mio viaggio in tempo di tregua, se non di pace. E grazie ad Alberto, Erminio e Paola, l'officina delle grandi riparazioni. Grazie ad Anna, archeologa dei gesti, grazie a Stefano slavista che ha viaggiato per me nell'universo cirillico, e grazie a Stefano zoologo che mi ha insegnato quel poco che so dei fratelli orsi di Bosnia, mi ha portato in cerca di cacche e peli, mi ha introdotto alla comprensione del volo delle rondini. E grazie ancora a frère Benedetto, anacoreta errante del deserto, dottore della Sorbonne, pastore del paese di Villico; e infine a te, Giovannino, vecchio cane pastore di bambini e di me, mai abbastanza cresciuto.

Siate felici, fratelli miei.

Nota dell'Autore

Importante avvertenza per i lettori.

Charles de Foucauld è un uomo che è esistito davvero e certamente era, ed è, chiamato "père" da un sacco di persone. È stato ufficiale dell'esercito francese prima di convertirsi e di farsi monaco. Ha viaggiato a piedi e in assoluta povertà in Palestina e in Africa, prima di fermarsi nell'Hoggar, vivendo per più di venti anni fra i tuareg, indistinguibile tra loro a occhio nudo, compilando il suo vocabolario Francese-Tuareg, pregando il suo Dio e scrivendo molti libri in una capanna di pietra poco distante dal posto di guardia sulla vetta dell'Assekrem. Fin qui tutto bene, ma mi sono permesso una libertà inaudita. Tutto ciò che nella mia storia è riportato dalle sue parole e dai suoi scritti è unicamente frutto della mia fantasia, tutto inventato di sana pianta. Perché l'ho fatto? Ancora non lo so con certezza. Amo e stimo quell'uomo, apprezzo molte delle cose che ha scritto, ma nella mia storia ho forse voluto che fosse ancora più "mio". Chiedo scusa di tutto questo, chiedo scusa per il mio egoismo e per le libertà che in suo nome mi sono preso.

INDICE

Stampa Grafica Sipiel
Milano, luglio 2005